10674853

BIBLIOTHÈQUE DU TINTAMARRE

COURS
DE
VILLÉGIATURE
PAR
TOUCHATOUT

P. Lafosse

DÉPÔT GÉNÉRAL DE VENTE
18 RUE DU CROISSANT.
PARIS

COURS

DE VILLÉGIATURE

DU

TINTAMARRE

BIBLIOTHÈQUE DU TINTAMARRE

COURS

DE

VILLÉGIATURE

Petit Guide du Parisien à la campagne pendant la belle saison

PAR

TOUCHATOUT

PARIS

PUBLICATIONS DE L'ÉCLIPSE

16, RUE DU CROISSANT, 16

1872

AVANT - PROPOS

La villégiature entre de plus en plus dans nos
mœurs. Quand le mois de juin arrive, il n'est pas de
petit commerçant, de petit employé qui ne tienne à
aller se mettre au vert dans un des gras pâturages de
Puteaux, de Bondy ou des Batignolles.

Nous avons pensé qu'un cours de villégiature serait
d'un grand secours aux Parisiens pour leur aider à
tirer le meilleur parti possible des avantages qu'offre
un séjour de quatre mois dans les fossés des fortifi-
cations.

Le cours de villégiature dont nous commençons aujourd'hui la publication sera divisé en vingt et une
leçons, correspondant aux besoins des vingt et une
semaines qui composent une saison à la campagne.

Les Parisiens en mal de luzerne n'auront donc qu'à
nous consulter chaque semaine pour savoir comment
ils doivent employer leur semaine.

Nous nous sommes assuré le concours dévoué
d'hommes spéciaux dans toutes les branches de la villégiature.

Conseils pour le choix d'une habitation, hygiène de
la campagne, semences, plantations, horticulture,

arboriculture, soins à donner à la basse-cour et aux invités qui viennent le dimanche, amusements de jardin, construction de jets d'eau avec des siphons d'eau

de seltz, cent onze manières différentes de manquer le dernier train du dimanche soir, recettes contre les moustiques, cousins, guêpes, insolations et gâteux qui vous tombent sur le dos avec leurs cinq enfants, en apportant un jambonneau de trente sous pour ne pas vous avoir d'obligation. — Conseils pour l'arrosage à la salive dans les moments de sécheresse, etc., etc.

Notre cours de villégiature sera complet.

Nous voulons, en un mot, que, pendant la belle saison, aucun des agréments de la campagne ne soit perdu pour ceux qui l'habitent.

Des gens qui sont assez immenses pour être enchantés de manger des laitues qui leur reviennent à 64 francs et 11 coups de soleil la pièce, méritaient bien que nous fissions cela pour eux.

COURS DE VILLÉGIATURE

DU

TINTAMARRE

Petit guide du Parisien à la campagne pendant la belle saison

---

PREMIÈRE LEÇON

Du 2 au 9 Juin

C'est pendant la première semaine de juin qu'il est bon de se mettre à la recherche d'une habitation d'été aérée, confortable et ombragée par quelques échalas de vigne bien sentis.

~·⊰⊱·~

On consultera le *Moniteur des locations*, dans lequel on ne peut manquer de trouver, à des prix très-avantageux, de charmants petits chalets en bois blanc, laissant pénétrer à l'intérieur toutes les ardeurs du soleil ainsi que l'eau des pluies d'orage.

Ces buffets de campagne sont généralement agrémentés d'un parc de trente-cinq mètres carrés planté de cerfeuil de haute futaie, formant d'épais massifs à l'ombre desquels on peut dresser une table de cinq couverts, sans crainte qu'il tombe de chenilles dans le potage.

-o-⊰❦⊱-o-

Quand on a fait son choix, prendre sa femme et le chemin de fer et aller visiter la maison que l'on désire.

Demander au propriétaire, qui veut vous la louer onze cents francs, si c'est nourriture de huit personnes comprise, et aller en louer une autre — laquelle, à moins d'un grand hasard, se trouve absolument la même.

-o-⊰❦⊱-o-

Revenir chez soi avec des araignées de jardin plein les cheveux, se secouer au-dessus de la table de son concierge s'il est en train de dîner, et monter faire ses paquets pour déménager le samedi suivant.

-o-⊰❦⊱-o-

Le jour du départ, laisser soigneusement sa femme préparer tous les bibelots, ne s'occuper de rien, et, en arrivant, lui faire une scène parce qu'elle a oublié l'irrigateur.

-o-⊰❦⊱-o-

Pendant les premiers jours d'une installation à la campagne, on doit se promener avec conviction au milieu des quinze fraisiers qui composent la luxuriante végétation de l'immeuble — un gros sécateur à la main — et prendre l'air d'un homme qui se dit :

— Sapristi !.... est-ce fourré !.... Faut-il que j'en coupe !... Faut-il que j'en coupe!

Du 2 au 9 juin, on sème les radis et la ciboulette, et aussitôt que ça sort de terre, on écrit à ses amis de la ville :

« Nous sommes tout à fait installés à Jmembetty-les-« Sableux, — la campagne est admirable, venez donc nous « voir un de ces dimanches. »

◦-⊛⊱-◦

Le samedi 8 juin, vers neuf heures du soir, est le moment jugé le plus propice par tous les maraîchers qui ont écrit sur la matière pour dire à sa femme :

— Quel divin séjour !... quel calme !... quelle douce solitude !... et comme ça repose bien des banales relations de Paris !....

Et l'on ajoute en bâillant avec chaleur :

— Si au moins les Picornet pouvaient venir demain, quel bon bezigue je ferais avec Oscar !

◦-⊛⊱-◦

C'est aussi du 8 au 9 juin qu'il est d'usage, dans les contrées où la terre est un peu légère, de rentrer se coucher une demi-heure plus tôt que d'habitude, tout imprégné des effluves printanières qui se dégagent le soir de la feuille des artichauts, et de se faire répondre par Madame :

— A quoi penses-tu donc, Augustin ?

DEUXIÈME LEÇON

Du 9 au 16 Juin

PETITS POIS.— C'est vers le 15 juin, au plus tard, dans les endroits bien situés, que le Parisien à la campagne doit, en voyant tout le monde acheter des petits pois au marché de Jmembetty-les-Sableux, se dire d'un air vexé :

— Tiens... j'ai oublié d'en semer dans mon jardin !

CERISIERS.— Vers cette époque, les cerises commencent à grossir et les moineaux leur font une guerre effrontée.

Si vous n'avez pas de cerisier dans votre jardin ou si vous en avez un, et qu'il n'y ait pas de cerises dessus, ne vous tourmentez pas la nuit des moyens de les préserver.

Mais si vous devez récolter trois douzaines de cerises, il faut à tout prix faire le nécessaire pour les conserver jusqu'à leur maturité.

Le mannequin-épouvantail est jusqu'à présent ce que l'on a trouvé de mieux pour effrayer les pierrots : cependant, ce n'est pas complet : ils s'y habituent vite, parce que le mannequin ne bouge pas.

Voici ce que vous pouvez faire :

Placez près de votre cerisier une grande échelle double, et, tant que le soleil donne, asseyez-vous sur l'échelon

du haut pour y lire l'*Officiel*, en agitant continuellement votre chapeau de paille. (Il n'est pas indispensable que ce soit un panama).

Le dimanche, par exemple, quand vous avez du monde, vous pouvez faire faire ça par un de vos invités ; seulement vous avez soin, une fois qu'il est à cheval sur le haut de l'échelle, de la retirer pour qu'il ne puisse plus en descendre.

Ce qui serait préférable à tout, si c'était possible, ce serait d'attirer votre belle-mère chez vous, de l'étouffer et de la mettre dans l'arbre les jambes en l'air.

Mais, ce n'est pas toujours facile.

Et puis, il faudrait la renouveler de temps en temps, et comme on ne peut pas avoir plusieurs belles-mères sans avoir plusieurs femmes, vos cerises finiraient par être trop chèrement payées.

CHENILLES. — En juin, les chenilles font énormément de ravages dans les arbres fruitiers.

Heureusement, cet insecte destructeur n'apparaît pas toujours ; il y a des années à chenilles ; et Dieu, dans sa miséricorde infinie, a voulu que ces années fussent généralement les années à fruits.

Pour détruire les che-
nilles, les anciens em-
ployaient le nœud cou-
lant. On a trouvé main-
tenant des moyens plus
sûrs et plus rapides.

Un excellent procédé
est celui qui consiste à
mettre les plus grosses
une à une dans des bou-
teilles en verre blanc que
l'on suspend ensuite dans
les vergers pour effrayer
les autres, après les avoir
bouchées à l'émeri.

Ce système possède un double avantage ; c'est que, la
saison terminée, on remplit les bouteilles avec du vinai-
gre ; et que, l'hiver, on fait manger les chenilles confites à
ses invités pour des cornichons du Zanguebar.

PRUNES. — Vers le 15 juin, — mais seulement dans les
pays où il y a des pruniers, — les prunes se nouent ; ou,
pour nous faire mieux comprendre des abonnés du *Pays*
(pardon !..,) : se forment.

A ce moment, un grand nombre de boutons, qui n'ont
pas assez de séve se détachent de la branche et tombent
à terre.

Il faut les laisser avec le plus grand soin et résister à la
mauvaise humeur qui vous dicterait de les traiter de *fei-
gnants*.

Pour trouver au besoin la force de ne pas les maudire,
vous n'avez qu'à vous figurer que vous gagnez trois francs
par jour, que vous avez dix-sept enfants et que personne
ne pense à vous débarrasser des quinze plus petits.

Aussitôt que les boutons de votre prunier sont tombés,
vous appelez votre femme pour lui faire voir ceux qui
restent sur l'arbre, et vous lui dites :

— Oh! tiens.... Pulchérie!.... regarde donc.. sept... huit... et puis trois là, à gauche, onze.. douze, tiens.. tiens, à la branche du haut... quinze, dix-sept... vingt et un! Tu me feras une tarte le jour de ma fête...

Et c'est généralement la nuit suivante que la grêle ratisse ce qui n'était pas tombé la veille.

-o-◦◖◗◦-o-

ABRICOTS. — Mêmes soins que pour les prunes. (*Voir ci-dessus.*)

-o-◦◖◗◦-o-

CITERNES. — Un point sur lequel nous ne saurions trop appeler l'attention du Parisien à la campagne est celui des citernes.

C'est surtout au début de la saison qu'il y a lieu de s'en occuper; car dès le 20 juin, on n'a presque pas à en parler, puisqu'il n'y a plus d'eau dedans.

La plus grande partie des plantureuses campagnes qui s'étendent autour des dépotoirs et des décharges publiques de la capitale n'ont pour seules ressources aquatiques que des réservoirs alimentés par l'eau du ciel.

Quand le propriétaire vous loue votre étuve en carton-pâte, il ne manque pas de vous dire que sa citerne tient 15,000 litres d'eau, et que vous en avez plus que vous ne pourrez en user, quand bien même vous vous laveriez les mains tous les samedis.

Aussi, c'est invariablement dix ou douze jours après votre emménagement, c'est-à-dire vers le 15 juin, que vous vous apercevez que le fond de votre citerne est aussi à sec que si elle n'avait jamais pris que des Nord de l'Espagne.

Les moyens connus jusqu'à présent de remplir une citerne de 15,000 litres, quand on n'a à sa disposition que huit bouteilles d'eau de Saint-Galmier, ne sont pas encore nombreux.

Cependant, notre devoir est de signaler ceux employés avec le plus de succès.

Il y a d'abord celui qui consiste à faire remplir sa citerne par le porteur d'eau, à raison de quatre sous le seau ; mais c'est un peu cher.

Viennent ensuite les suivants, qui sont plus économiques, mais qui vont moins vite :

Coller des poésies d'Albert Millaud sur les murs de la citerne pour les faire suer.

Dire des choses dures à sa femme et la forcer à pleurer dans le conduit du réservoir.

Le dimanche, ôter la dalle qui recouvre la citerne, mettre les invités autour et leur faire éplucher des oignons toute la journée, après leur avoir enlevé leurs mouchoirs de poche.

On peut aussi remplir sa citerne par la transpiration, mais cette eau ne prend pas le savon ; elle n'est bonne que pour faire cuire des légumes.

TROISIÈME LEÇON

Du 16 au 23 Juin

Dans les contrées où la terre est grasse, c'est généralement au milieu de la troisième semaine de votre installation à la campagne, c'est-à-dire vers le 25 juin, que vous vous frappez tout à coup le front en disant à votre femme :

— Sapristi !.. et le serin que nous avons oublié à Paris !

Pulchérie répond :

— Ah! c'est vrai... ce pauvre Coco !.. Il doit être mort !..

A quoi vous ripostez, pour clore l'incident :

— Oh !.. oui... il nous aimait tant !.. le chagrin de ne point avoir à manger l'aura tué...

‑‑‑◦🕭◦‑‑‑

Vers le 20 juin, on doit se procurer une douzaine de chapeaux de paille légers pour les invités du dimanche.

La vaste chapellerie, à l'*Hérissé*, en tient de très-confortables à bon compte; cependant une manière plus économique de s'en procurer est d'aller rôder autour des propriétés voisines par les temps de bourrasque et de ramasser vivement ceux que le vent apporte sur la route.

‑‑‑◦🕭◦‑‑‑

Il est aussi très-convenable d'avoir quelques vestons de toile à offrir aux gens qui viennent vous voir, pour qu'ils puissent se mettre à leur aise.

Pour vous procurer ça, rien de plus simple.

Vous allez tout droit rue Neuve-des-Petits-Champs ; là, vous voyez une petite boutique de confection : vous examinez les paletots qui sont à l'étalage, vous tournez à gauche et vous allez acheter vos vestons..... autre part.

Pour huit ou neuf francs la pièce, vous trouvez votre affaire.

Il convient de dire ici que l'argent employé à l'achat de vestes pour invités n'est pas un mauvais placement pour celui qui sait s'y prendre.

Le *Tintamarre* aurait mauvaise grâce à avoir des réticences envers les villégiateurs dont il a entrepris l'instruction.

Voici la manière de s'en servir :

Le dimanche, quand vos invités arrivent, vous leur dites d'un ton aimable :

— Vous devez cuire dans vos jaquettes de drap !... Tenez, voici des vestes... ne vous gênez pas.

Nota. — Il est urgent d'acheter des vestes avec beaucoup de poches ; on va voir pourquoi :

Aussitôt que vos invités ont endossé les vêtements que vous leur avez offerts, ils ne tardent pas à aller chercher une masse d'objets qu'ils ont laissés dans les poches des leurs, et desquels ils ont besoin dans la journée.

Mouchoirs — tabatières en argent — porte-cigares — limes à ongles — blagues à tabac — boîtes à allumettes — porte-monnaie, etc., etc.

Au fur et à mesure qu'ils se sont servis de ces différentes choses, ils les replacent instinctivement dans les poches de vos vestes.

Et, le soir, cinq minutes avant le dernier train, vous n'avez plus qu'à arriver comme une bombe au milieu d'eux d'un air effaré, en criant :

— Sapristi ! mes enfants... vous n'avez que le temps d'aller à la gare... Neuf heures vingt-cinq !...

Jamais ça ne rate !... vos invités s'habillent à la hâte, et, dans la chaleur de l'improvisation, ne pensent pas à reprendre leurs bibelots.

Le lendemain, vous n'avez plus qu'à faire la cueillette.

C'est d'ailleurs comme ça que Monselet s'est monté à sa villa de Chatou.

De temps en temps, pour donner le change, vous courez à la gare en appelant un de vos convives pour lui rendre un cahier de papier à cigarettes ou un numéro de la *Revue des Deux Mondes*, afin que l'on dise dans le pays : Quel brave et digne homme que ce monsieur Lambertin !

Mais quant aux objets de valeur, vous ne les avez jamais vus.

Vous répondez invariablement, lorsqu'on vous les réclame le dimanche suivant :

— Tiens !... c'est drôle, tout de même !... A côté de qui étiez-vous à table ?...

On n'insiste pas, pour éviter qu'un invité soit soupçonné.

-o-⊚⊚-o-

Nous voici au moment où, à la campagne, on aime à prendre ses repas dans le jardin.

Le choix du meilleur endroit n'est pas indifférent, et surtout sous le rapport du bien-être et de l'hygiène, on devra y apporter beaucoup de soin.

-o-⊚⊚-o-

Quand votre jardin — ce qui arrive presque toujours dans les environs de Paris — n'est pas plus grand que la table sur laquelle vous mangez, vous pouvez sans inconvénient la placer où vous voudrez.

Mais, si vous avez le choix, vous la caserez de préférence à l'ombre.

Dans les campagnes des environs de Paris, l'ombrage le plus protecteur contre les ardeurs du soleil est l'asperge.

Après l'asperge viennent :

Les chapeaux de paille,

Les foulards à carreaux étendus derrière soi sur un balai planté en terre.

Les gros papillons qui passent entre le soleil et votre tête.

Et enfin, le parasol que l'on fait tenir par sa femme au-dessus de la table pendant le repas.

-◦❀❅◦-

Nous devons signaler un nouveau moyen qui vient d'être découvert tout récemment par un quincailler de Paris en villégiature à Noisy-le-Sec.

Nous lui laissons la parole :

De tous les procédés en vigueur pour manger à l'ombre dans les campagnes des environs de Paris, j'ai expérimenté que le meilleur est encore celui-ci :

Vous faites mettre tout ce qu'il faut sur la table et vous dînez dessous.

QUATRIÈME LEÇON

Du 23 au 30 Juin

ENGRAIS.— C'est vers la fin de juin que les jardins des environs de Paris demandent à être fumés.

Si l'on veut récolter quelques légumes, il faut de l'engrais.

Le fumier vaut à cette époque de 9 à 10 fr. le mètre cube. Il importe pourtant de le choisir.

Celui de vache est très-bon, celui de cheval aussi ; mais le meilleur, sans contredit, est celui du voisin, quand on peut se le procurer pour rien.

—◦✧◦—

Voici le procédé chimique pour l'obtenir :

Un soir, après votre dîner, vous allez fumer une pipe chez votre voisin en vous promenant avec lui dans les allées de son jardin.

Tout à coup vous vous arrêtez devant une de ces plates-bandes appuyées à votre mur mitoyen, et vous vous écriez avec l'accent d'une grande douleur :

— Oh !... mon pauvre monsieur Duclozel !... voyez donc vos fraisiers, comme ils sont grillés !... si vous ne mettez pas dessus une couche de fumier, vous ne récolterez rien.

Monsieur Duclozel, effrayé, vous répond :

— Vraiment ?... Je vais en mettre dès demain matin.

Vous revenez vite, vite chez vous, et, avec de la ficelle fine, vous faites confectionner par votre femme un grand filet à mailles très-claires.

La nuit, quand M. Duclozel est couché, au moyen de quatre cailloux que vous avez attachés aux coins du filet ; vous le lancez par-dessus le mur sur la plate-bande désignée, en ayant soin de garder de votre côté les quatre bouts de corde qui terminent le filet.

Le lendemain, comme une bonne bête, M. Duclozel se lève au petit jour et vient couvrir sa plate-bande d'une couche épaisse d'un fumier excellent.

Aussitôt qu'il a fini et qu'il tourne le dos pour aller chercher ses arrosoirs, vous tirez ensemble les quatre bouts de la ficelle, et toute la provision d'engrais ramassée dans le filet vient vous trouver par-dessus le mur.

* * *

Les fraises venues avec ce fumier ont beaucoup plus de saveur que celles obtenues avec les engrais achetés.

La preuve, c'est que vos fraisiers deviennent superbes, pendant que ceux de M. Duclozel, qui a pourtant payé son fumier très cher, ne viennent pas du tout.

* * *

PELOUSES. — Vers fin juin, quand la sécheresse est persistante, les pelouses jaunissent.

C'est très-laid.

Voici le meilleur moyen d'obvier à cet inconvénient dans les contrées où l'air du soir est un peu humide.

Le samedi soir, quand vous devez avoir du monde le dimanche, vous décrochez toutes vos persiennes pour les repeindre en vert.

Quand votre couleur est arrivée de chez le marchand, vous vous dites :

— Toute réflexion faite, je les peindrai un autre jour.

Et vous raccrochez vos persiennes.

Alors, pour utiliser votre peinture, vous passez deux couches de vert sur vos pelouses.

Il est inutile de vous occuper si votre femme a étendu du linge à sécher dessus. Vous mettez tout en vert. Dieu choisira les siens.

-o-⊚

L'effet de la mise au siccatif des pelouses est ravissant. — Dans les environs de Paris, on n'a guère que ce moyen-là d'obtenir un peu de verdure.

Ajoutons que cette verdure est même d'un plus joli ton que le gazon ordinaire.

-o-❦-o-

Le lendemain, quand vos invités arrivent, vos pelouses ne sont pas encore sèches, ce qui leur donne l'aspect le plus engageant.

Tout votre monde s'écrie en chœur :

— Oh ! le joli gazon !...

Alors, vous avisez dans la société deux de vos amis ayant un pantalon fond blanc, et d'un geste familier et amical, vous les envoyez s'étaler au milieu de la pelouse, en leur disant :

— Allez, mes enfants... roulez-vous..... Ne vous gênez pas, on la coupe demain !...

-o-❦-o-

Lectures du soir. — C'est vers fin juin que les journées

sont le plus longues; aussi, après le dîner, c'est d'usage, à cette époque, de faire une petite lecture au jardin.

Nous n'avons qu'un seul conseil à donner aux villégiateurs touchant le choix de leurs lectures du soir; c'est de ne pas fourrer le nez dans un volume de Pierre Véron.

Une fois le livre commencé, ils passeraient la nuit à la fraîche sans s'en apercevoir, ce qui est excessivement malsain.

◦◦◦

Encore une très-mauvaise lecture d'été le soir à la campagne, c'est le Ponson du Terrail.

Ça flanque des peurs abominables à votre femme, qui ne veut plus coucher seule.

MOUSTIQUES. — Vers cette époque, les moustiques commencent à être très-désagréables et piquent d'une façon cruelle.

Il n'est pas aisé de se soustraire à leurs dards.

Plus on est près de Paris, plus on court la chance que la morsure d'un insecte soit dangereuse, parce qu'il a pu passer rue Rossini avant de venir vous mordre et s'arrêter un instant sur un rédacteur du..... (n'parlons pas d'ça en mangeant).

◦◦◦

Un assez bon moyen d'éviter les piqûres des cousins, c'est de se coucher avec un masque d'escrime ou un tamis sur la figure et des gants de salle d'armes aux mains.

◦◦◦

Dans les contrées où la terre est sablonneuse, vous pouvez encore assurer votre repos de la manière suivante :

Pendant toute la nuit, vous restez sur pied pour brûler

du papier dans votre chambre, les insectes viennent s'y rôtir et vous laissent dormir tranquille.

Aussitôt que le jour paraît, vous ouvrez votre fenêtre, les moustiques qui ont résisté au feu se donnent de l'air, et, au bout de cinq minutes, il n'en reste plus un seul dans la chambre.

C'est alors le vrai moment... de vous lever pour ne pas manquer le train qui vous amène à votre bureau.

CINQUIÈME LEÇON

Du 30 Juin au 7 Juillet

Au commencement de juillet se trouvent les jours les plus longs de l'année.

Les villégiateurs qui battent leur femme la nuit devront à cette époque changer leurs habitudes et la rouer de coups pendant la journée.

Parce que les nuits sont trop courtes.

◦❦◦

Cueillette des cerises.— Du 30 juin au 7 juillet se fait la cueillette des cerises.

Cette opération exige certaines précautions et une bonne échelle double. Si c'est votre femme qui y monte, il n'est pas nécessaire de vérifier les échelons avant.

Si c'est un de vos amis, et que vous supposiez qu'il a l'intention de vous lire des vers au dessert, il faut au contraire vérifier l'échelle avec soin, afin de vous assurer qu'il monte bien du côté où vous avez scié à moitié un échelon la veille.

◦❦◦

Dans ce cas, vous tâchez de le faire opérer sur un cerisier placé près du puits, et aussitôt qu'il est tombé au fond, vous vous écriez :

— Allons bon !... voilà encore Pulchérie qui m'appelle pour descendre la table dans le jardin.

Et vous vous sauvez après avoir mis le couvercle sur le puits pour qu'il ne tombe pas de saletés dans l'eau.

Un point sur lequel nous ne saurions trop attirer l'attention des villégiateurs, c'est la fâcheuse habitude qu'ont beaucoup d'entre eux d'avaler les noyaux de cerises.

D'abord, il n'y a pas de plus mauvaise manière de faire le kirsch.

On s'expose, en outre, à de funestes perturbations, dont la moindre est assez difficile à décrire.

Nos lecteurs pourront néanmoins s'en rendre un compte assez exact, en supposant qu'ils sont forcés de faire passer tout d'une pièce un gros morceau de nougat dans une sarbacane.

SALADES. — Au commencement de juillet, quand la sécheresse est persistante, les romaines et les laitues montent au lieu de se pommer.

C'est très-désagréable pour des gens qui n'aiment pas manger des mâts de cocagne.

Quand vous vous apercevez qu'une romaine a des dispositions à monter, ce que vous avez de plus simple à faire c'est de vous asseoir dessus tous les soirs, le temps de lire l'*in-extenso* des séances du Corps législatif.

Il arrive quelquefois pourtant que ce moyen est insuffisant et que la romaine, profitant lâchement d'un point mal cousu, trouve une issue et monte tout de même...

Alors, laissez-la faire : contre la force, pas de résistance.

Demandez par télégramme un congé de huit jours à votre chef de bureau et restez assis sur votre salade, en croquant le trognon au fur et à mesure qu'il vous arrive dans la bouche.

Elle finira bien par se lasser.

--⚬-🐝🍀-⚬--

Petits pois. — Le 7 juillet, c'est fini pour les petits pois, ceux qui restent à récolter sont énormes.

Seulement ils sont très-durs.

Mais ils ont un goût atroce pour les gens qui ne sont pas accoutumés à manger du savon de Marseille.

C'est alórs le vrai moment de faire quelques politesses en les envoyant par petits paniers à ses amis de la ville.

--⚬-🐝🍀-⚬--

Abricotiers.— Dans les campagnes à treize des environs de Paris, les gelées tardives rendent excessivement délicats les soins à donner aux abricotiers.

Pour tirer le meilleur parti de cet arbre, voici ce qu'il y a à faire.

Vous plantez une douzaine d'abricotiers d'une bonne grosseur.

La seconde année, vous les regardez d'un air bête en vous disant : Tiens!... au mois de septembre, il faut que je les fasse greffer.

--⚬-🐝🍀-⚬--

La troisième année, vous les faites greffer.

Ils grossissent à vue d'œil.

La quatrième année, ils gèlent dans la nuit du 4 au 5 mai par une température odéonienne.

Alors, vous les regardez de nouveau, d'un air encore plus bête, et vous dites : l'année prochaine, je les couvrirai jusqu'en juin.

Ils continuent à grossir.

∾ ⊙✺ o

La cinquième année, vous les couvrez soigneusement.

Seulement ça se trouve une année à hannetons et il n'y a pas de fruit.

Vos abricotiers grossissent toujours comme par enchantement.

Et enfin, la sixième année, vous faites quarante livres de confitures avec des abricots que vous venez acheter à la Halle, après avoir fait abattre vos douze abricotiers, qui sont un excellent bois de chauffage.

o ⊙✺ o

LIMACES. — C'est à cette époque qu'il faut faire une guerre acharnée aux li-maces.

Elles détruisent et abî-ment tout.

Se défier des auteurs qui ont prétendu que la limace devait être respectée parce qu'elle fait une chasse très-active à certains animaux nuisibles et poursuivent notamment les moineaux qui viennent dévorer les fruits.

C'est là une grave erreur.

o ⊙✺ o

Les limaces se trouvent surtout le matin à la rosée.

On peut les prendre, si l'on veut, avec un filet à papillons, mais les doigts suffisent.

On les fourre une à une dans les serrures de la maison, et l'on tourne ensuite trois ou quatre fois la clé pour les écraser, c'est excellent pour les ressorts.

***

Dans beaucoup de contrées, on fait avaler des limaces aux personnes faibles de la poitrine.

Ça les dégoûte, mais ça ne les guérit pas.

Dans les pays où les malades ne mangent pas, volontairement, les limaces, les gens bien portants les avalent sans le faire exprès, dans les plis de la laitue.

SIXIÈME LEÇON

Du 7 au 14 Juillet

MALADIE DE LA VIGNE.— C'est vers le 15 juillet, après le terme payé, qu'apparaissent les premiers symptômes du terrible oïdium.

L'oïdium gâte le raisin sur lequel il s'attache; mais il a cela de bon qu'il n'altère en aucune façon la qualité du vin quand ce dernier n'est fait — ce qui arrive dans beaucoup de maisons de Bercy — qu'avec du bois de teinture.

-◦᠊᠍᠍᠍᠍᠍᠍᠍᠍᠍᠍᠍᠍᠍᠍᠍᠍᠍᠍᠍-

Vous faites pour votre vigne, lorsqu'elle est malade, ce que vous faites pour votre femme en tous temps :

Vous la soufrez.

-◦᠊᠍᠍᠍᠍᠍᠍᠍᠍᠍᠍᠍᠍᠍᠍᠍᠍᠍᠍᠍-

HARICOTS.— Ils commencent à fleurir et à monter. Il faut alors les ramer.

Le haricot en fleur répand une odeur très-douce et qui n'est pas désagréable.

Une fois formé, il est complétement inodore.

Plus tard...

Mais n'anticipons pas.

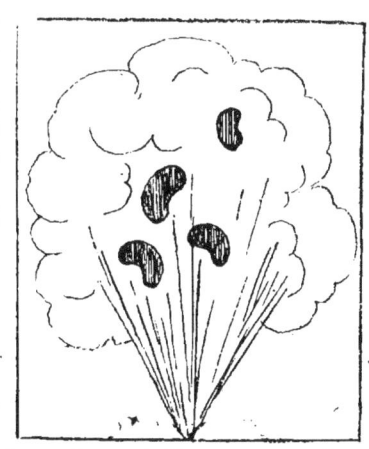

-◦᠊᠍᠍᠍᠍᠍᠍᠍᠍᠍᠍᠍᠍᠍᠍᠍᠍᠍᠍᠍-

Il est bon, quand la sécheresse est persistante, de faire des trous au pied des arbres et d'y verser un bon seau d'eau.

On peut mêler à cette eau un demi-flacon de Phénol Bobeuf si l'arbre a des boutons.

∘⟶⋑⋐⟵∘

Nous avons déjà indiqué le moyen de préserver des moineaux les cerises avant leur maturité.

En voici un excellent pour les préserver dès qu'elles sont mûres.

Vous prenez un matelas, deux filtres à café, une paire de bas d'enfant et un harmoniflûte que vous allez déposer au pied du cerisier que fréquentent les moineaux.

Vous dressez une grande échelle contre l'arbre et vous y montez.

Vous appelez votre femme et vous lui dites, en lui montrant le matelas, les deux filtres à café, la paire de bas d'enfant et l'harmoniflûte :

— Va remettre tout ça à sa place.

Quand elle est partie, vous cueillez toutes les cerises qui restent sur le cerisier et vous les emportez.

Vous êtes sûr que les pierrots n'y toucheront plus.

∘⟶⋑⋐⟵∘

Dans la première quinzaine de juillet, aux environs de Paris, il faut débarrasser les rosiers de leurs roses.

Les rosières aussi, si l'on peut.

∘⟶⋑⋐⟵∘

JEUX DE JARDIN

Du 14 au 21 juillet, les jardins des environs de Paris laissent un peu de repos aux villégiateurs.

La terre étant grillée par le soleil, on ne peut plus rien pour elle.

Et quand, pour lutter contre la sécheresse, on s'est abîmé la poitrine à cracher sur le gazon pendant trois heures par jour pour l'empêcher de prendre feu, il n'y a plus qu'à laisser aller les choses.

L'entêtement que l'on mettrait à travailler la terre à cette époque ressemblerait à celui d'un monsieur qui s'obstinerait à bêcher de toutes ses forces un drap de billard pour y faire pousser des salsifis !

On profitera donc de ce moment de repos que nous accorde la nature pour s'occuper d'installer, autour de sa maison de campagne, les jeux de jardin de toutes sortes qui rendent de si grands services au maître de la maison en occupant ses invités et lui épargnant l'ennui de les avoir toute la journée sur le dos.

Le jeu de jardin fondamental est le tonneau.

Vous en trouverez de très-confortables à la *Ménagère*; mais si vous reculez devant cette dépense, voici le moyen d'en établir un économiquement.

Vous prenez deux tabourets que vous mettez face à face à cinquante centimètres l'un de l'autre. Dessus, vous placez une planche à bouteilles en donnant une valeur à chaque trou au moyen d'un numéro à la craie.

Sur cette planche, au beau milieu, pour remplacer le crapaud traditionnel qui compte 1,000, les trois plus laids de

vos invités s'accroupissent à tour de rôle en ouvrant la bouche.

Ce jeu de tonneau improvisé vous en remplace parfaitement un que vous auriez payé 25 ou 28 fr.

Comme palets, vous vous servez de douze pièces de cent sous en argent, que vous récoltez dans la société.

Par politesse, vous jouez le dernier.

Ce qui vous permet, par distraction, à la fin de la partie, de mettre les 60 fr. dans votre poche.

— ⚬❖⚬ —

Chaque fois qu'un de vos invités ouvre la bouche pour réclamer, vous lui coupez la parole avec effusion en lui serrant les deux mains et en lui disant :

— Mon cher ami !... ne parlons pas de remerciements ou je me fâche... J'espère bien, au contraire, que vous reviendrez souvent nous voir.

— ⚬❖⚬ —

Le jeu de tonneau est d'une simplicité extrême ; on dirait qu'il a été inventé pour les abonnés du *Pays* (pardon !).

Le plus difficile est de mettre dans la gueule du crapaud.

Un moyen assez sûr d'y arriver, c'est de bien vous figurer, au moment où vous lancez le palet, que la gueule du crapaud est le guichet de souscription aux *Galions de Vigo* et que votre palet est un imbécile.

Il entre tout de go.

— ⚬❖⚬ —

Nous consacrerons dimanche une partie de notre septième leçon aux autres jeux de jardin.

Mais, pour que les villégiateurs de Jmembetty-les-Sableux ne perdent pas huit jours, nous terminons aujourd'hui en leur en indiquant un très-simple à installer.

— ⚬❖⚬ —

On peut transformer le bézigue à trois jeux en un **excellent** jeu de jardin.

Il suffit, pour cela, de le jouer hors de la maison.

⌒

SEPTIÈME LEÇON

Du 14 au 21 Juillet

ORAGES.— Vers la fin de juillet, quand les chaleurs ont été fortes pendant le commencement de la saison, les orages sont très-fréquents.

Nous allons indiquer quelques-unes des principales précautions que le Parisien à la campagne doit prendre contre la foudre, les trombes et les averses.

Quand un fort orage est sur le point d'éclater, la première chose que le villégiateur de banlieue doit faire, après s'être écrié :

— Quel bonheur pour ma civette !

C'est d'oublier qu'il a nettoyé, ce jour-là, tous ses vêtements avec de l'*Eau écarlate* et qu'il les a étendus sur le toit de sa maison pour qu'ils sèchent plus vite.

Cette première précaution prise, il pensera à protéger

3

son existence et celle de sa famille des terribles dangers de la foudre.

Voici, entre autres, un excellent moyen :

Au premier éclair, il appellera sa femme.

—Pulchérie! le busc de ton corset est-il en acier ?

— Oui, mon loulou !...

Là-dessus, il la flanquera debout, jusqu'au creux de l'estomac, dans un tonneau plein d'eau, placé près de la maison, de façon à ce que le busc trempe.

Si le tonnerre vient à tomber dans les environs, ça remplacera un excellent paratonnerre.

Et la femme peut encore servir après... pour faire du crayon à dessin.

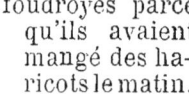

Pendant un orage, il faut éviter avec le plus grand soin es moindres courants d'air, qui ont la funeste propriété d'attirer la foudre.

Ainsi, l'on a vu des malheureux être foudroyés parce qu'ils avaient mangé des haricots le matin.

Contre les averses, les préservatifs varient selon les pays.

Généralement, on ferme portes et fenètres, afin que l'eau ne pénètre pas à l'intérieur.

Mais, dans les environs de Paris, la construction des maisons exige, au contraire, que, pendant une averse, on laisse toutes les portes ouvertes.

Sans cela, l'eau qui entre par les cheminées, les toits et les fondations ne pourrait pas sortir de la maison et séjournerait sur les édredons et les pendules.

⁃◦⊸✠⊶◦⁃

Le lendemain d'un grand orage, les villégiateurs qui font leur soupe avec l'eau de pluie récoltée dans les citernes ne devront pas s'étonner de trouver dans leur potage quelques petites pastilles molles et blanchâtres d'un aspect d'ailleurs agréable.

C'est un oubli assez fréquent des pigeons qui séjournent sur les toits des maisons pendant la journée.

Du reste, les gens que ça contrarierait tant soit peu auront un moyen bien simple de ne pas s'en apercevoir.

Ce sera de manger ce jour-là de la soupe à l'oseille et de se figurer que le blanc de l'œuf, que l'on emploie ordinairement comme liaison, ne s'est pas bien délayé et s'est mis en petits grumeaux.

⁃◦⊸✠⊶◦⁃

Filtre pratique. — Les grosses pluies d'orage de juillet troublent souvent l'eau, et les gens qui sont délicats au point de ne pas aimer à se désaltérer avec du macadam devront se servir de filtres.

⁃◦⊸✠⊶◦⁃

Quand on n'a pas de fontaine, voici un moyen prompt et économique :

Piler du charbon de bois le plus fin possible, se l'entasser très-serré dans la bouche avec une cuillère à pot, tenir la tête en l'air, la bouche ouverte et verser l'eau sur le charbon jusqu'à ce qu'il en ait absorbé une certaine quantité.

Alors, baisser la tête, fermer la bouche hermétiquement et refouler l'air hors des poumons,

comme si l'on voulait jouer du cor de chasse ou comprimer un fort éclat de rire.

Se placer sous le nez une carafe propre.

L'eau qui sort par les narines est claire et suffisamment filtrée.

—o-⊕⊕-o—

Il y a encore un moyen très-souvent employé dans les environs de Paris pour clarifier l'eau sale.

Toujours par l'emploi du charbon :

Avant le repas, vous prenez un seau d'eau chargé d'immondices.

Vous le versez dans un vase au fond duquel vous avez placé un lit de sable et un lit de charbon pilé.

Pendant que ça passe, vous envoyez chercher un siphon d'eau de Seltz que vous mêlez à votre vin et vous buvez.

L'eau filtrée ainsi est très-saine ; on peut laver les parquets avec, elle ne les encrasse pas.

—o-⊕⊕-o—

PETITE DISTRACTION DE SAISON.— A la campagne, même les temps les plus maussades ont leur côté agréable quand on sait les utiliser.

Nous offrons aux villégiateurs d'un esprit folâtre un moyen de s'amuser avec la pluie.

Après huit jours de pluie battante, quand la terre de votre potager est détrempée au point qu'un homme ordinaire s'y enfonce aussi facilement qu'un actionnaire dans les *guanos du Pérou*, vous choisissez, le dimanche, une bonne tête parmi vos invités et vous lui proposez une partie de saut de mouton.

—o-⊕⊕-o—

Il accepte, vous le placez dans l'endroit le plus mou et vous sautez par-dessus, en ayant le soin de peser de tout votre poids sur ses épaules en passant.

Il enfonce de onze centimètres par coup; si vous êtes cinq à sauter, le tour fini, il est suffisamment scellé.

Alors vous partez tous en lui disant :

— Viens - tu ? on nous appelle pour dîner.

Vous laissez la fenêtre de la salle à manger ouverte, afin de le voir, et tout le temps du repas vous lui criez :

— Dépêche-toi donc... ce n'est pas poli!... Est-il ennuyeux avec ses farces!... Il ne peut jamais faire comme tout le monde, cet être-là !...

Le côté agréable de cette petite plaisanterie de campagne, c'est qu'il n'est pas indispensable que celui qui l'a faite à l'autre ait un bon caractère.

HUITIÈME LEÇON

Du 21 au 28 Juillet

LA GREFFE. — La fin de juillet est l'époque la plus propice pour la greffe des arbres fruitiers.

La greffe est un art qui n'a pas de limites et au moyen duquel on peut obtenir les variétés de fruits les plus étranges.

Le villégiateur devra donc appeler à son aide toutes les ressources de son imagination, faire de nombreux essais et ne pas se contenter de suivre les sentiers battus jusqu'ici.

-o-ᴚᴇ-o-

C'est après de nombreuses épreuves que Ch. Monselet, dans sa villa de Chatou, a transformé un de ses faux ébéniers en un magnifique saucissonnier à l'ail qui fait en ce moment la joie et le parfum de toute la localité.

Le moyen qu'il a employé est des plus simples; mais encore fallait-il y penser.

-o-ᴚᴇ-o-

Il a coupé, en juillet 1865 et en sifflet, une forte branche de ce faux ébénier, et appliqué sur la plaie un rond de cervelas que Delilia avait trouvé trop avancé le dimanche précédent.

Dès l'année suivante, l'arbre rapportait trente-deux

kilos d'un sau-
cisson suave et
embaumé.

~•⊕⊖•~

Cette année,
Monselet vient
encore d'amé-
liorer cette es
pèce :

Au prin-
temps, quand
le bouton se
forme, il y fait
une petite in-
cision, dans la-
quelle il intro-
duit une pincée de poivre moulu. Quand le saucisson est
arrivé à maturité, il est semé d'une quantité suffi-
sante de poivre en grain.

~•⊕⊖•~

Monselet, qui ne s'arrête jamais, cherche en ce moment
le moyen de produire le saucisson tout enveloppé de papier de plomb.

Il pense y arriver l'année prochaine à l'aide de la gal-
vanoplastie.

~•⊕⊖•~

Avis essentiel :

Quand le villégiateur aura greffé un arbre, et que, par
suite de cette opération, il le verra devenir meilleur, il
devra prendre un arrosoir de chaque main et se dire avec
mélancolie ;

— Si je pouvais trouver un moyen de greffer ma
femme !

~•⊕⊖•~

POULES.— Nous avons cru devoir attendre, pour parler
des poules, le moment intéressant de la couvée.

Jusque-là, nos lecteurs n'avaient besoin d'aucune instruction ; prendre les œufs et les manger étant aussi simple que de ne pas souscrire aux *Vacheries modèles.*

◦-◦◦€-◦◦

Mais quand vos poules se mettent à couver, c'est une tout autre chose. Il y a mille observations à faire, mille soins à apporter.

Aussitôt qu'une de vos poules manifeste clairement le désir d'être mère, si elle est assez grosse pour vous donner de beaux poulets, vous encouragez son penchant en l'isolant dans un endroit sombre.

Si elle vous semble trop petite, pour répondre à sa flamme vous lui flanquez le derrière dans l'eau froide à diverses reprises.

Si, pendant cette opération, votre pensée se porte sur Cora Pearl, continuez sans vous émouvoir.

◦-◦◦€-◦◦

Quant au nombre d'œufs qu'il convient de mettre sous une poule, les opinions sont partagées.

Les bonnes femmes prétendent qu'il en faut un nombre impair ; ce sont les mêmes qui guérissent les entorses avec un cataplasme préparé dans l'obscurité par une jeune fille de seize ans n'ayant jamais eu les cheveux coupés.

Ne les contrarions pas.

◦-◦◦€-◦◦

AVIS SPÉCIAL POUR LES ABONNÉS DU PAYS (Pardon !)— Les œufs que l'on met à couver ne doivent pas être cuits.

Quand ses œufs sont éclos, la poule est excessivement bète.

Avant, par exemple, c'était tout à fait la même chose.

On ne peut pas faire un mouvement sans qu'elle s'imagine qu'on va lui couper le cou ; alors elle se sauve en criant de tous les côtés, comme si on voulait lui lire des vers d'Albert Millaud.

⋯⋯

Une faute que les villégiateurs inexpérimentés commettent toujours, c'est de poursuivre une poule pour la faire rentrer au poulailler.

Profonde erreur !... et qui a souvent des conséquences fatales.

Un bataillon de zouaves cernant une poule ne la ferait pas rentrer dans son trou.

Vous la chassez, vous l'entourez, vous l'appelez, vous lui parlez doucement : *Viens, ma petite cocotte ! viens !...*

Toujours elle se sauve effarée, stupide... toujours elle trouve le seul petit passage qui la conduira au dehors.

Nécessairement, tant d'idiotisme finit par vous agacer ; vous courez après avec colère , vous lui jetez des cailloux, vous jurez, vous la traitez — en un seul mot énergique — de vieille figurante bossue.

Elle court, elle crie, elle saute dans tous les coins ; et enfin ,

quand, affolée, elle trouve une ouverture où elle se réfugie avec fracas, ça se trouve toujours être la fenêtre de votre salle à manger.

Là, elle se rend à discrétion, après avoir cassé une soupière, deux compotiers, un bocal plein de cerises à l'eau-de-vie et trois tasses à café.

Quelquefois elle casse aussi trois soucoupes.

Mais ce sont toujours les soucoupes des trois autres tasses, afin que la demi-douzaine soit tout à fait dépareillée.

-o-🙰Ɛ-o-

GROSEILLES. — C'est vers fin juillet que les groseilles sont bonnes à cueillir.

C'est une opération très-embêtante et pour laquelle on tâchera autant que possible d'utiliser la visite de quelques amis, qui y attraperont chacun une courbature.

-o-🙰Ɛ-o-

Il y a une espèce de groseilles qui sont surtout très-difficiles à détacher à cause des épines qui les entourent.

Aussi devra-t-on, par délicatesse, récompenser celui de ses amis qui se sera dévoué à la longue cueillette d'un groseiller à maquereau en lui criant toute la journée :

— Allons donc... Musard!...

NEUVIÈME LEÇON

Du 28 Juillet au 4 Août

Dans les campagnes des environs de Paris, où l'on se sert volontiers de l'eau des citernes pour la cuisine, c'est généralement vers le commencement d'août que se produit le fait suivant :

Monsieur et Madame dînent.

MONSIEUR. — Dis donc, Pulchérie.., as-tu remarqué que depuis quelque temps le pot-au-feu est très-savoureux ?

MADAME. — C'est justement ce que j'allais te dire... Il est exquis, et pourtant je ne mets pas plus de viande que d'habitude.

MONSIEUR. — Ce sont les légumes qui sont meilleurs, probablement... A propos !... voilà au moins trois semaines que nous n'avons pas vu Chaffanel... lui qui venait tous les dimanches !... Tu n'aurais pas eu de discussion avec lui !

MADAME. — Mais non... Tu sais bien que la dernière fois qu'il est venu nous ne l'avons même pas vu partir.

MONSIEUR. — Oui... il aura été pressé au moment de prendre le train !... Il faudra que je lui écrive.

MADAME. — Ah !... dis donc, chéri, tu sais qu'il n'y a plus d'eau dans la citerne ; il faudra profiter de ça pour la faire nettoyer.

Le repas se termine sans incident.

Après le dîner, on envoie Annette chercher le plombier de Jmembetty-les-Sableux pour qu'il vienne visiter la citerne.

A peine ce dernier y est-il descendu, qu'il pousse un grand cri.

MADAME à MONSIEUR. — Va voir ce que c'est, mon ami ; cet homme est peut-être indisposé.

Monsieur descend dans la citerne.

— Pulchérie !... Pulchérie ! au secours, s'écrie-t-il aussitôt.

Madame arrive précipitamment.

— Qu'y a-t-il donc ?

MONSIEUR, *avec terreur, étendant le bras devant lui.*—Comment, tu ne vois pas ! — là, dans le fond, à droite ?

MADAME. — Qu'est-ce que c'est ?

MONSIEUR. — Eh bien ! c'est Chaffanel !... qui sera tombé là-dedans la dernière fois qu'il est venu !...

Tableau ! — Tout le monde s'évanouit.

Cinq minutes après :

MONSIEUR, *revenant à lui.*—Ce bon Chaffanel !... Je m'explique maintenant qu'il ne venait pas nous voir !... (*pleurant*) Ah ! je ne lui en veux plus !...

MADAME, *reprenant ses sens.* — Pauvre ami !... C'est donc ça que notre bouillon était si bon !...

FRUITS VÉREUX.— Les premiers fruits qui mûrissent sont presque toujours véreux.

De là ce principe de politesse qui veut qu'on les offre à ses amis par déférence.

◦⊶❦⊶◦

LE VER BLANC. — Le ver blanc est un véritable fléau. Quand il s'attache à une plante ou à un arbuste, c'est fini. Il ronge jusqu'à ce qu'il n'y ait plus rien.

◦⊶❦⊶◦

Nous ne donnerons pas aux villégiateurs des environs de Paris de conseils pour la destruction du ver blanc.

Il est impossible de s'en débarrasser. — Tout ce que l'on peut faire, c'est de les mettre de côté et de les donner en payement à son propriétaire s'il veut les prendre; mais c'est assez rare.

◦⊶❦⊶◦

Seulement, nous pouvons prémunir nos lecteurs contre un accident grave et très-fréquent occasionné par le ver blanc.

En voici un pénible et récent exemple :

Il y a à peine quinze jours, un petit rentier de Jmembetty-les-Sableux s'était coupé une canne dans un des massifs de son jardin, pour aller se promener.

Dans le bas de la branche coupée, se trouvait un ver blanc dont le rentier de Jmembetty-les-Sableux ne soupçonnait pas l'existence.

◦⊷❦⊶◦

Il alla faire un tour, la main appuyée sur son bâton, et le ver blanc montait toujours, rongeant le bas de la canne, qui se raccourcissait insensiblement sans que le rentier de Jmembetty-les-Sableux s'en aperçût.

Chemin faisant, le rentier de Jmembetty-les-Sableux rencontra le garde champêtre, et l'on se mit à causer.

La conversation fut longue et le ver blanc put à son aise ronger la canne jusque dans la main du rentier de Jmembetty-les-Sableux, qui ne s'apercevait toujours de rien.

❖

On se mit à parler avec chaleur de l'insurrection espagnole, ce qui rendit le rentier de Jmembetty-les-Sableux complétement insensible.

Le ver blanc ayant fini la canne, en profita pour entamer le poignet du rentier de Jmembetty-les-Sableux.

❖

Quand ce dernier, après avoir décidé que l'Espagne n'en avait pas pour quinze jours, prit congé du garde champêtre, il s'aperçut qu'il avait le bras rongé jusqu'au coude.

❖

Alors, désespéré, le brave rentier de Jmembetty-les-Sableux voulut, — comme le font généralement les gens accablés par la douleur, — laisser tomber sa tête dans ses deux mains, sans réfléchir qu'il n'en avait plus qu'une.

Ce faux mouvement lui fit perdre l'équilibre, et il tomba à terre, où il se fendit le crâne sur le ver blanc, qui riait comme un bossu.

❖

Le ver blanc entama bravement le nez du rentier de Jmembetty-les-Sableux, comme il l'eût fait d'une simple betterave.

Et quand la famille du rentier de Jmembetty-les-Sableux vint le lendemain pour emporter le corps de son in-

fortuné parent, elle ne trouva plus rien que son journal, auquel le ver blanc n'avait pas voulu toucher.

C'était le... (*n'parlons pas d'ça en mangeant*).

DIXIÈME LEÇON

Du 4 au 11 Août

C'est au commencement d'août que le Parisien à la campagne a la joie de voir arriver à maturité les cent cinquante pieds de romaine qu'il s'est éreinté à faire repiquer par sa femme au début de la saison.

◦-⟩⟨-◦

Le moment est alors arrivé de jouir du fruit de ses travaux.

Les cent cinquante pieds sont mûrs à la fois.

Il en mange pendant trois jours consécutifs.

En tout onze pieds, en s'en fourrant jusque par-dessus les bords de son chapeau.

Le quatrième jour, les cent trente-neuf autres sont montés pour graine avec un ensemble admirable.

-o-◦-

Cette brillante récolte, dont il est juste de déduire le produit du prix de la location du jardin, arrive toujours au moment où la salade vaut un sou le pied chez la fruitière.

-o-◦-

Comme l'on ne tarde pas à se rendre compte, pour peu que le soleil de juillet ne vous ait pas rendu complètement idiot, que cette jouissance d'avoir mangé onze romaines vous revient à cinquante-huit francs et quelques centimes, ne pas négliger de s'offrir une compensation en répétant à chaque trognon :

— C'est égal !... il n'est encore rien de tel que les légumes qu'on récolte chez soi... A Paris, la salade est en papier d'emballage !...

-o-◦-

Dans la première semaine d'août, on peut encore semer des pois.

Pour peu que la température s'y prête, ils peuvent, vers la fin de septembre, être bons... à lancer avec une sarbacane.

-o-◦-

C'est aussi le moment de semer les cornichons.

Mais il faut avoir le soin, le jour où on les plante, d'inviter quelques-uns de ses amis abonnés à *Paris-Journal*, si l'on veut qu'ils viennent.

-o-◦-

Vers le 4 août, il est rare que madame ne vous disè pas d'un ton câlin :

— Ambroise !... si nous faisions une planche de céleri?

Ne manquez pas de répondre d'un air capable, en fermant un œil :

—Non, madame, non... c'est inutile !...

o-ﳍ-o

Ne pas oublier de faire blanchir l'escarolle, la chicorée frisée et une chemise fine pour la fête de votre femme, qui tombe le 11 août pour peu qu'elle s'appelle Claire.

o-ﳍ-o

RÉCOLTE DES GRAINES

Une chose qui est d'une importance capitale, c'est la récolte des graines au fur et à mesure qu'elles mûrissent.

Si l'on veut avoir quelque chose l'année suivante, il faut apporter le plus grand soin à cette opération.

o-ﳍ-o

C'est surtout utile pour les haricots secs, dont il est urgent d'avoir toujours une assez grande provision d'avance si l'on ne veut pas être gêné pour marquer son jeu au loto l'hiver.

o-ﳍ-o

Mais, s'il est indispensable de récolter ses graines, il ne

l'est pas moins de les ranger de façon à les reconnaître facilement l'année suivante.

Et de ne point s'exposer, par suite d'un désordre coupable, à semer du poivre en poudre aux endroits où l'on veut faire venir du réséda, ni du petit plomb de chasse pour récolter des épinards.

-o-☙❧-o-

Voici donc comment l'on opère le plus communément dans les environs de Paris.

On retire ses graines des plantes au fur et à mesure de leur maturité.

On les étale au soleil, pour les faire sécher par petits tas sur un journal.

Quand elles sont suffisamment sèches, on se procure de petites fioles de verre pour les y enfermer.

On place avec soin chaque petit flacon à côté de chaque petit tas de graines.

Et pendant que l'on monte dans sa chambre préparer des étiquettes gommées pour coller sur les bouteilles afin de les reconnaître au printemps suivant...

Il est excessivement rare qu'un de vos enfants ne s'a-

muse pas à détacher le chien, qui, dans sa joie, accourt comme une bombe bousculer le journal, les graines et les flacons, qu'il envoie pêle-mêle se répandre dans le sable du jardin.

-o-☙❧-o-

Il devient alors presque impossible de ne pas confondre dans un même sentiment de tendresse et d'horreur la graine des salsifis avec celles des melons, du persil et de la civette.

Mais l'année suivante, rien n'est plus aisé que d'en

acheter de nouvelles chez le maraîcher de l'endroit, pour les avoir fraîches et ne pas s'arrêter à la pensée qu'il les fait venir de Paris.

◦-➲€-◦

C'est aussi du 5 au 10 août que l'on arra-che l'ail, les échalottes et un cri d'indi-gnation aux personnes à qui l'on souffle dans le nez après en avoir mangé quelques gousses pour y goûter.

ONZIÈME LEÇON

Du 11 au 18 Août

Ainsi que nous l'avons annoncé dimanche dernier à nos lecteurs, nous allons consacrer cette leçon à la

SAINTE MARIE EN FAMILLE

Et rédiger un petit programme de réjouissances, qui, nous l'espérons, ne laissera rien à désirer sous le rapport du confortable et de l'économie.

-o-⚜-o-

A six heures du matin, les époux se réveilleront.

Jusqu'à sept heures moins un quart, nous les laisserons tranquilles ; ça ne nous regarde pas.

-o-⚜-o-

A sept heures précises, monsieur tirera de dessous son traversin, où il l'aura fourré la veille en cachette, le petit cadeau rapporté de Paris pour fêter madame.

Nous avons à peine besoin de dire que ce présent doit toujours se composer d'un objet d'utilité qu'il eût fallu acheter, même sans cette circonstance solennelle.

Un tourne-broche mécanique, par exemple, ou une douzaine de mouchoirs de poche, ou même un...

Laissons parler notre dessinateur.

⊸❂⊶

Madame, qui comptait sur une robe de soie, fait un
nez!...

Il est du devoir d'un galant homme de ne pas paraître s'en apercevoir.

⊸❂⊶

A sept heures et demie, entrée des enfants en chemise
dans la cham-
bre à coucher.

Scène d'at-
tendrissement
(*voir le modèle
des années pré-
cédentes*).

Récit du
compliment
d'usage.

Monsieur et
madame es-
suient un
pleur furtif.

Ils congédient les enfants et se lèvent.

COMMENCEMENT DES PRÉPARATIFS

On se distribue la besogne, et l'on compte les invités qui doivent venir. On arrive à un total de dix-sept. On trouve que c'est beaucoup ; et l'on s'abandonne un instant au fol espoir que les Vavasseur qui déboulent toujours au nombre de neuf, dont six enfants, seront retenus chez eux par une indisposition.

-o-🕮-o-

De huit à dix, Madame fait son marché, tue un lapin sans lui demander ce qu'il pense de ce jour de fête, et sort la porcelaine et les cristaux.

A huit heures trente-cinq, la bonne, qui est de mauvaise humeur à la pensée que ça va faire beaucoup de vaisselle à laver, pose une pile d'assiettes trop sur le bord du buffet.

Tout se brise.

-o-🕮-o-

Madame est furieuse.

Annette, sans se déconcerter, répond d'un ton dégagé qu'il n'y a que comme cela que ça s'use.

Madame insistant, Annette pose carrément la question de cabinet et détache son tablier.

Un jour où l'on a dix-sept personnes, c'est grave ; madame se radoucit.

Annette ne consent à reprendre son tablier qu'après avoir obtenu un vote de confiance, qui lui est accordé.

Elle en profite pour se faire augmenter de cinq francs par mois.

-o-🕮-o-

Pendant ce temps-là, monsieur ratisse les allées du jardin et prépare les réjouissances.

Il place clandestinement des

feux de Bengale au coin des massifs pour la surprise du soir.

Il accroche les lanternes vénitiennes en se mettant à genoux par terre pour les fixer au faîte des plus grands arbustes.

Il essaye le jet d'eau, jusqu'à ce qu'il l'ait démanché.

Etc... etc...

A midi, légère collation.

De une heure à deux, fin des préparatifs.

A deux heures dix, on entend le sifflet du chemin de fer; c'est le train qui arrive.

Monsieur, qui est monté au belvédère, signale les invités sur la route.

Les Vavasseur y sont au grand complet. Ils ont même leur belle-mère en supplément.

Tout à coup, on entend un grand cri. C'est madame qui hèle monsieur :

— Auguste!... Je suis sûr que tu as oublié de cueillir les trois pêches.

— Sapristi!... c'est vrai!... Les Duronfland sont si sans gêne ; ils vont nous les piller.

Monsieur et madame courent au pêcher et font vivement la récolte des trois pêches, qui sont encore vertes.

Il était temps!... On sonne à la grille.

ARRIVÉE DES INVITÉS

Compliments et embrassades d'usage.

Le plus petit des Vavasseur n'est pas encore entré qu'il s'étale dans le trou à fumier en voulant tirer la queue du coq.

Grande émotion, il n'a rien de cassé. Heureusement il était habillé tout en blanc.

De trois à cinq heures, jeux variés.

Vers quatre heures, l'invité Gobinet allume un cigare dans le jardin et jette négligemment son allumette, qui va mettre le feu à une flamme de Bengale dissimulée au coin d'un massif par le maître de la maison.

Grand émoi.

◦—◈◦

La lueur rouge s'élève au-dessus du mur.

Tout à coup, on entend le tocsin : c'est le village qui a aperçu la fumée et croit à un incendie.

Cinq minutes après, quatre cents paysans accourent avec deux pompes.

On leur explique la chose.

Ils se retirent de mauvaise humeur; mais le garde champêtre dresse procès-verbal.

◦—◈◦

Tir à la cible avec armes de salon.

Les femmes veulent s'en mêler.

Mme Vavasseur, qui s'obstine à épauler sur le milieu de l'estomac et à fermer les deux yeux, met tout le temps hors de la plaque.

Elle brise d'une balle le seltzogène dans lequel le maître de la maison avait préparé du vin blanc mousseux pour le dîner, et qu'il avait mis à rafraîchir près de la pompe.

◦—◈◦

A cinq heures, dîner.

On cherche partout le petit Vavasseur pour se mettre à table.

On le retrouve dans le sous-sol, en train de lécher le papier tue-mouches qu'il a chipé dans la salle à manger.

-◦-🐝🐝-◦-

On dîne dans le jardin.

A cinq heures un quart, grand orage et averse,

A six heures moins dix, le petit Vavasseur vomit sur le gilet blanc de son père.

Il est sauvé !...

-◦-🐝🐝-◦-

M. Adolphe Bigonnet, qui s'est mis en bras de chemise, se lève et se dirige vers le vestibule, pour aller chercher dans la poche de son paletot une pièce de vers qu'il a composée pour la circonstance.

Mais un invité a une inspiration !...

Il devine ce plan ténébreux.

Il le déjouera.

-◦-🐝🐝-◦-

Prompt comme la pensée, il quitte la table, fait le tour par la cuisine et arrive bon premier au paletot.

Il saisit la pièce de vers et l'avale !...

Puis il revient se mettre à table sans rien dire.

On vient d'échapper à un grand danger.

Dévouement sublime !...

-◦-🐝🐝-◦-

De sept à neuf heures :

Romances, chansonnettes et grands airs de l'*Africaine*, par une demoiselle qui se prépare au Conservatoire ;

Culbutes sur la pelouse ;

M. Cabourot, mercier de rayon à *Pygmalion*, a apporté son harmoniflûte.

Il le déballe et le pose sur sa chaise.

Les dames sont ravies.

-o-🐝❦-o-

Pendant qu'il essuie les verres de son pince-nez et cherche sa musique, le petit Vavasseur, tout à fait remis, prend un siphon plein d'eau de seltz et le vide, pour s'amuser, dans l'harmoniflûte par la soupape du trembleur.

Sauvés encore !...

Cet enfant a du bon.

-o-🐝❦-o-

A neuf heures, feux de bengale, fusées et pétards.

Dans l'obscurité, Bigonnet veut mettre le feu à une grosse chandelle romaine qu'il tient à la main, il la laisse tomber dans l'allée, se baisse et la cherche à tâtons.

-o-🐝❦-o-

Il la trouve enfin, la saisit de la main gauche, porte une allumette de la main droite et approche la flamme de la mèche.

Ça ne prend pas !...

-o-🐝❦-o-

Il recommence avec une autre allumette.

Ça ne prend pas.

-o-🐝❦-o-

Trois allumettes, quatre allumettes, cinq allumettes...
Rien !...

Tout à coup.... horreur!.... Ce n'est pas sa chandelle romaine qu'il a ramassée !...

Il se souvient alors que, dans la journée, il a vu Médor aller flâner dans ce massif!..

❧

A neuf heures et demie, préparatifs de départ pour le train de neuf heures cinquante-sept.

On cherche partout le petit Vavasseur.

On le trouve endormi, à la cuisine, la tête dans une tarte aux cerises.

On le réveille, son premier soin est de s'essuyer sur le pantalon blanc de M. Cabourot.

❧

Neuf heures trois quarts. Départ.

Dix heures. On range la vaisselle.

Madame pense qu'il y aura de quoi déjeuner le lendemain.

On compte les bouteilles vides.

Il y en a cinquante-deux!...

Mine épatée du couple.

❧

Dix heures et demie. Retour de tous les invités qui ont manqué le train et reviennent pour coucher.

Tableau !...

On met des matelas, par terre, dans la salle à manger.

❧

Minuit. Cris tumultueux au rez-de-chaussée.

Monsieur descend.

Tous les lits sont inondés, les invités se sont réfugiés effarés sur tous les meubles.

Il y en a trois qui se cramponnent à la suspension d'éclairage.

-o-☜☞-o-

C'est le petit Vavasseur qui, avant de s'endormir, a été ouvrir le robinet des eaux qui est dans la cuisine.

DOUZIÈME LEÇON

Du 18 au 25 Août

A cette époque, il faut absolument arroser les corni-chons pour obtenir de bons résultats.

Dans les endroits où l'eau est rare, on leur présente des actions des *Galions du Vigo*.

Ils viennent tout de suite.

○-◗◖-○

Ne pas oublier de lier la chicorée et l'escarolle.

Cette opération exige assez de calme, car la salade de-mande à être attachée ni trop fort ni trop mollement.

Il est urgent, en faisant ce travail, d'avoir l'esprit à ce que l'on fait.

Quand on lie une salade, ne pas se figurer qu'on serre le cou à sa belle-mère. On tirerait beaucoup trop fort.

○-◗◖-○

On peut, si l'on veut, vers le 20 août, semer encore des pois et des haricots.

Seulement ils ne viennent pas.

○-◗◖-○

C'est en août qu'il est bon de faire des couches.

Cependant, si mad'ame n'est grosse que de quatre mois, nous lui conseillons d'attendre.

Commencer à préparer les meules à champignons.

Et caresser le projet de porter le premier maniveau à son chef de bureau pour les essayer.

Se promener le matin le long des pêchers en espalier et dégager les fruits cachés par les feuilles, afin qu'ils mûrissent et se colorent.

On peut se livrer sur les pêches en train de rougir à un petit divertissement assez agréable :

C'est de coller sur la pêche, quand elle est encore pâle, des morceaux de papier découpés représentant un dessin quelconque.

-o-♪€-o-

Le soleil frappant sur le fruit entre les vides ménagés dans le papier, imprime sur la pêche les dessins ou les inscriptions que l'on a voulu obtenir.

Cette distraction est très-anodine et dénote une grande *serinité* d'âme.

On peut la rendre moins innocente en découpant le papier de façon à ce qu'il trace sur le fruit cette inscription :

QUEL BON MUFLE

QUE CE BADOUREAU!...

C'est surtout bon à faire quand Badoureau doit venir dîner avec vous le dimanche suivant.

——✿——

Rien n'empêche d'enlever le papier avant qu'il n'arrive, de prétendre que le pêcher est un pêcher-frappeur et que l'on a obtenu ce résultat par le magnétisme.

——✿——

Ébourgeonner les arbustes d'agrément pour leur donner la forme que l'on désire.

Dans les environs de Paris surtout, c'est la grande mode de turlupiner les arbres décoratifs et de leur faire représenter un tas de choses auxquelles ils n'eussent jamais pensé tout seuls.

——✿——

Cette manie, qui consiste à embêter un arbre vert jusqu'à ce qu'il ressemble à un parapluie, à une flûte à champagne ou à un roi d'échiquier, est complétement idiote.

Si nous la flattons, c'est pour que notre abonné de Chaville renouvelle son abonnement à la fin du mois.

——✿——

Notre ami Lafosse va indiquer ici quelques-unes des formes que l'on peut donner aux arbres d'agrément... pour en dégoûter les gens qui aiment la nature.

Nous aimons mieux que ce soit lui que nous, car ces mutilations nous dégoûtent.

Vers le 25 août, on cueille les amandes.

Et si l'on a un tant soit peu de cœur, on propose à votre serviteur de payer celles que lui a values le *Trombinoscope*. — (*Ernest en donnera la note à la première réquisition.*)

Au mois d'août, les jardins d'agrément commencent à être très-beaux.

Les dahlias, les glaïeuls, les œillets forment de très-jolis devants de massifs.

Dans les pays où la terre est bonne, en deux jours, on péut en obtenir une collection complète.

Il suffit de prendre le train le vendredi et d'aller au marché de la Madeleine. On les a le dimanche.

Souvent, ils meurent le lundi.

Mais on peut recommencer la semaine suivante.

5

Une bien jolie fleur que nous ne saurions trop recommander à nos lecteurs en villégiature : c'est la rose trémière.

Cela n'a pas d'odeur; mais ses tiges, qui s'élèvent au-dessus des hauts arbustes et fleurissent en l'air, forment des bouquets ravissants.

De plus, cette plante grandit très-vivement.

Il faut même faire attention en la regardant.

On a vu, au moment de la pousse, des gens qui n'ont pu retirer assez vite leur nez de dessus sans avoir un œil crevé.

⚮

La rose trémière a encore un avantage :

C'est qu'on peut l'appeler : *Alcée*, devant ses amis, pour faire le malin.

Ça vous donne l'air bête; mais vous ne vous en apercevez pas.

⚮

Quoique la rose trémière ne paraisse avoir pour elle que sa beauté, si l'on a un peu d'intelligence, on peut encore en tirer parti pour s'amuser en société.

Cette fleur a la mauvaise habitude d'attirer une masse de frelons.

Ils s'introduisent tout entiers dans le calice et on ne les voit plus.

Vous prenez un de vos meilleurs amis par le bras, après déjeuner, et vous lui dites :

— Tu n'as jamais vu de roses trémières à odeur, toi?.... Eh bien! sens celle-là.

Il pose son nez au beau milieu de la fleur.

Le frelon, qui n'aime pas ces plaisanteries-là, sort furieux et, ne trouvant pas d'issue, s'introduit dans la narine de votre meilleur ami, et y plonge son aiguillon.

Généralement, votre meilleur ami pousse un cri de douleur terrible.

Mais on ne l'entend pas ; il est presque toujours couvert par les éclats de rire de la société, quand vous avez eu le soin d'inviter des gens comme il faut.

En somme, c'est très-drôle.

TREIZIÈME LEÇON

C'est vers la fin du mois d'août que l'on doit s'occuper de rempoter les plantes que l'on veut mettre en serre l'hiver afin de les conserver pour l'été suivant.

Cette opération est très-délicate, et il est fort rare que les jardiniers-amateurs aient assez de science pour l'exécuter.

Il faut avoir recours à un praticien solide (lisez *Horticulteur de Jmembetty-les-Sableux*).

–○–❦–○–

Mais comme l'horticulteur de Jmembetty-les-Sableux a reçu du Ciel la mission sainte de vendre le plus de fleurs possible, il vous rempote toujours les autres de façon à ce qu'elles soient sûrement crevées au mois de mars suivant, de façon à vous en fournir de nouvelles.

Si par hasard quelques geraniums échappent à ses soins et qu'il les voie reprendre au printemps, regardez le nez qu'il fait en s'en apercevant : ça vous fera passer un bon quart d'heure.

–○–❦–○–

Quelques villégiateurs entêtés essayent néanmoins de rempoter leurs fleurs eux-mêmes.

Voici, en ce cas, comment il faut s'y prendre :

Pour les fleurs qui sont restées en pot, il arrive souvent que les racines, en grandissant, ont passé à travers le trou qui se trouve au bas du pot.

Les casser délicatement au ras du fond en leur disant :

— Eh bien, qu'est-ce que c'est?... Veux-tu cacher ça !..

Fin août, les artichauts doivent être en plein rapport.

Dans les environs de Paris, voici comment se cultive généralement ce légume :

D'abord, pour votre gouverne, l'artichaut ne produit que la seconde année.

Or,

La première année, on le plante avec une conviction profonde, et en disant à sa femme :

— D'aujourd'hui en dix-huit mois nous ferons une bonne poivrade.

Pendant toute la saison, on regarde pousser les feuilles, qui deviennent superbes ; c'est une justice à leur rendre.

Quand vient l'hiver, on coupe les feuilles ; on met du fumier dessus, et on rentre à Paris.

Au printemps suivant, on change d'avis et on loue autre part.

La première question que l'on fait au propriétaire, c'est de lui demander s'il y a des artichauts dans son jardin.

Sa première réponse est :

— Non, il n'y en a pas ; mais vous pouvez en mettre.

Il arrive aussi quelquefois qu'il vous répond :

— Oui, il y en a un beau carré; mais ils ne valent plus rien, il faut les remplacer.

◦-✧✧-◦

Le *Tintamarre* offre dix mille francs à celui qui lui prouvera avoir loué un jardin avec des artichauts en plein rapport.

Ils sont trop jeunes ou trop vieux.

Nous connaissons 9,896 villégiateurs qui en ont planté, mais pas un qui en ait récolté.

◦-✧✧-◦

Par hasard, un Parisien prend un jardin où il y a un carré d'artichauts qui doit produire l'année même.

Alors, on est sûr que ça tombe sur un Parisien qui ne les aime pas et qui fait retourner le champ en arrivant, sous prétexte qu'il préfère y semer de la carotte.

◦-✧✧-◦

A cette époque de l'année, les fraises quatre-saisons donnent beaucoup...

Surtout des indigestions.

◦-✧✧-◦

Cueillir les fraises n'est pas aussi simple qu'on le croit au premier abord.

Le plus communément, on les cueille avec la queue; avec la leur, bien entendu.

◦-✧✧-◦

Quelques personnes pourtant se contentent d'arracher délicatement le fruit en laissant au plant la tige et le calice.

Sans contredit, il est encore préférable de prendre la fraise en laissant la queue que de prendre la queue en laissant la fraise.

Mais nous croyons que les gens qui opèrent ainsi sont dans le faux.

Ils fatiguent le plant inutilement et l'induisent en erreur en lui faisant croire qu'il peut continuer à envoyer de la séve à des endroits où il n'y en a plus besoin.

-o-⋙⋘-o-

De confiance, la séve monte, monte, monte, et quand, arrivée au bout de la tige, elle s'aperçoit qu'on lui a enlevé son nourrisson, vous sentez bien qu'elle n'est pas contente.

Il faut se mettre à sa place.

L'année suivante, elle se souvient du tour qu'on lui a joué et elle ne monte plus que lorsqu'elle n'a pas autre chose à faire, parce qu'elle se dit :

Ce n'est pas la peine que je me dérange !...

Et voilà comment les fraisiers dépérissent.

-o-⋙⋘-o-

On récolte aussi, à cette époque, une espèce de cerises

tardives qu'il faut manger de confiance, parce qu'elles sont pleines de vers et que, si l'on y faisait attention, on ne les mangerait pas.

-o-⋙⋘-o-

Au commencement de septembre, les jours commencent à diminuer sensiblement.

C'est le moment critique de la saison.

On n'ose ni allumer la lampe ni se coucher à sept heures et demie.

Il est bon, alors, de se créer une distraction qui ne demande pas une trop grande clarté.

On peut occuper cette période à chercher querelle à sa

femme, tous les soirs, sur la dépense du ménage.

QUATORZIÈME LEÇON

Du 1ᵉʳ au 8 Septembre

A ce moment de la saison, les jardins laissent un peu de répit aux villégiateurs.

Le seul travail un peu propre qui s'opère dans la nature, c'est la chute des fruits véreux.

Il faut la laisser s'accomplir : quand on se ferait du mauvais sang, ils ne tomberaient pas plus vite.

-o-🐝-o-

Nous profiterons de cette inaction forcée pour nous occuper un peu des soins à donner à la basse-cour.

Depuis le mois de mai, nous n'avons point entretenu nos lecteurs de leurs poules et de leurs lapins.

Nous pensons bien que, depuis ce temps-là, ils ont été assez intelligents pour comprendre que notre silence ne signifiait pas qu'il fallût les laisser sans manger.

S'il en était autrement, ce serait à suspendre immédiatement la publication du *Tintamarre* et à prier le *Constitutionnel* de leur servir la fin de leurs abonnements.

-o-🐝-o-

LAPINS. — Le lapin est d'un très-bon rapport quand on sait le soigner.

La femelle a pourtant un petit travers.

Quand elle a fait ses petits, elle les mange souvent dans la nuit.

Quelques naturalistes prétendent qu'elle cède au désir de faire disparaître les traces d'une première faute.

⁕⁕⁕

Nous ne répondrions pas que soit là le motif de sa conduite.

Toujours est-il que, le lendemain matin, elle se présente à vous avec le calme d'une innocence parfaite et baisse chastement les yeux aux premiers mots de mariage qu'on lui adresse.

⁕⁕⁕

Pour peu qu'elle ait affaire à un lapin peu expérimenté, une lapine de vice moyen se fait très-bien passer pour rosière aux yeux du quatrième mari que vous présentez.

⁕⁕⁕

Le lapin mange énormément. Plus on lui en donne, plus il en consomme.

Il n'y a guère qu'un moment de l'année où il reste sur son appétit.

C'est quand on oublie deux jours de lui donner à manger.

-o-)-(-o-

D'ailleurs il n'est pas difficile pour la nourriture. Il mange de tout.

Cependant, en dehors de l'amitié que l'on peut lui porter, il est bon de choisir les aliments qu'on lui sert.

Ils ont beaucoup d'effet sur la qualité de sa chair.

Pourvu qu'on lui donne beaucoup de serpolet. Il tient peu aux égards.

Eviter qu'une lapine mange ses enfants est horriblement difficile.

D'abord, en aucun cas, on n'obtiendra rien par le raisonnement.

Tout ce que l'on peut faire, c'est de les frotter quand ils viennent de naître avec un vieux numéro de *Paris-Journal*.

Souvent ça en dégoûte la mère.

-o-)-(-o-

Quand on a des lapins, il faut sortir tous les jours dans les champs pour leur faire de l'herbe.

C'est là le *hic*.

Les paysans des environs de Paris ne peuvent pas souffrir que les villégiateurs aillent dans les champs avec un panier.

Quand il les rencontrent, ils leur font des yeux...

Un sapeur, que l'on découvre dans l'armoire d'une cuisine n'est pas plus suspect qu'un Parisien qui se promène dans un champ de luzerne.

⁙

Du plus loin qu'il vous voit vous baisser pour ramasser une poignée de gazon, le naturel de Jmembetty-les-Sableux vous crie :

— Hé! là-bas!... que c' n'étions point parmis... da!...

Répondez-lui avec aplomb que vous êtes contrôleur du cadastre.

Comme il est toujours en train d'anticiper d'un sillon sur le champ de son voisin, il aura une venette horrible et vous laissera tranquille.

⁙

Pour en finir avec les lapins, ils n'exigent pas de soins particuliers.

Nettoyez-les quelquefois.

L'exercice ne leur est pas nécessaire.

Faites-en sauter un de temps en temps, cela suffit.

Poules. — Le commencement de septembre est un assez mauvais moment pour les poules.

Fatiguées par les grandes chaleurs qui viennent d'avoir lieu, elles pondent peu; et joignent à cela un petit air insolent qui a l'air de vous dire :

— Je m'en fiche un peu .. pour ce que ça me rapporte.

Aussi susceptible que vous soyez, vous êtes obligé de convenir qu'elles n'ont pas tort et d'attendre des jours meilleurs.

⁓

Il arrive que, vers le 1er septembre, on a une poule couveuse dont les œufs sont sur le point d'éclore. C'est un moment solennel.

Voici généralement comment cela se passe :

On a mis treize œufs sous la poule vingt et un jours auparavant.

Pendant la couvée, elle en a cassé cinq en trépignant dessus.

Sur les huit qui restent trois ratent.

Cinq poulets voient le jour.

Vous n'avez pas plutôt supputé qu'ils seront bons à manger, vers le 15 décembre, que la poule en étouffe trois en se laissant tomber dessus comme une imbécile.

Le surlendemain, au plus tard, votre chat s'en paye un pour son déjeuner.

Et le dernier meurt, trois semaines après, au moment où il vous donnait les plus belles espérances, étranglé par une cuillère à moutarde que la bonne a jetée par mégarde, avec les épluchures, et qu'il a avalée croyant que c'était une queue de salsifis.

⁕

Nous vous parlerons, dimanche prochain, des canards. En voilà, par exemple, qui donnent de l'agrément!...

QUINZIÈME LEÇON

Du 8 au 15 Septembre

LES CANARDS. — Nous engageons les villégiateurs à avoir toujours quelques canards dans leur basse-cour.

C'est un animal horriblement laid ;

Mais il est très-bête et très-dégoûtant.

Son cri est horripilant ; seulement il ne le pousse guère que lorsqu'on ne lui donne pas à manger, parce qu'il est vexé, et, lorsqu'on lui en porte, parce qu'il est content.

Le canard aime beaucoup qu'on lui change son eau.

Aussitôt qu'on lui donne de l'eau propre, il manifeste sa joie en en faisant de la boue.

Le canne pond assez facilement.

Quelque chose qui est toujours très-amusant, c'est de lui prendre ses œufs, en lui disant qu'on va les mettre en omelettes, et de les faire couver par une poule.

Celle-ci y va de tout son cœur pendant vingt et un jours.

Seulement, la figure qu'elle fait est à peindre quand, au bout de ce temps, elle voit les petits cannetons aller se fourrer dans l'eau.

Sa confusion est surtout très-grande quand le coq assiste à cette épreuve.

Elle rougit et baisse les yeux à la pensée qu'un horrible soupçon va peut-être traverser l'esprit du père de ses enfants.

⋅∘⋅🙚❦🙛⋅∘⋅

Indépendamment de la ponte, le canard est aussi d'un bon rapport par la plume qu'on lui arrache deux fois par an pour en faire des oreillers.

Il n'est pas absolument nécessaire que cette opération fasse plaisir au canard.

⋅∘⋅🙚❦🙛⋅∘⋅

Quand un canard vient d'être plumé, il a une dégaine impossible.

Mais aussi risible qu'il puisse paraître, il ne faut jamais s'en moquer.

On n'est jamais sûr soi-même que l'on ne souscrira pas un jour ou l'autre aux *Chemins de fer des Charentes.*

⋅∘⋅🙚❦🙛⋅∘⋅

Du 8 au 15 septembre, les arbres fruitiers n'exigent aucun soin, excepté les pêchers, qui, à cette époque, ont l'habitude de pousser en feuilles comme de grands imbéciles, alors qu'ayant donné leurs fruits, on ne leur demande plus que de rester tranquilles.

On coupe leurs petites branches au fur et à mesure qu'elles allongent, pour leur faire comprendre qu'il est tout à fait inutile de faire tant d'embarras.

⋅∘⋅🙚❦🙛⋅∘⋅

On enlève soigneusement les feuilles qui ombragent les pêches, afin que ces dernières prennent de la couleur en mûrissant.

Et comme ce travail est assez ennuyeux à faire, on tâche de se distraire en pensant que si les pêches ne rougissent que lorsqu'elles sont mûres c'est justement ce moment-là que choisissent les femmes pour ne plus rougir.

—◦⟨♦⟩◦—

Si l'on a sa femme sous la main, on fait cette réflexion tout haut.

Elle vous flanque une giffle.

Ça fait toujours passer le temps.

—◦⟨♦⟩◦—

C'est aussi le moment d'envelopper les grappes de raisins dans des sacs, pour les préserver des oiseaux et des mouches.

Le plus souvent, on enferme les mouches dans le sac, ce qui fait qu'elles peuvent manger la grappe sans se déranger.

—◦⟨♦⟩◦—

On fait des sacs en papier.

Et l'on en fait aussi en crin.

Ceux en papier coûtent moins cher ; mais ils ne peuvent servir qu'une fois.

Tandis que les sacs en crin, d'un prix supérieur, peuvent faire un usage de dix ans et plus.

Seulement, la seconde année, on ne se souvient jamais

6

où on les a resserrés l'hiver précédent, on fait une scène à sa femme pour son peu d'ordre, et on en achète d'autres.

⟶⟵

TEMPÉRATURE. — Nous croyons devoir donner ici à nos lecteurs quelques conseils d'hygiène qui leur seront très-utiles à un moment de l'année où l'atmosphère subit de fréquentes variations.

Ainsi, par exemple, rien n'est plus pernicieux que de se coucher les fenêtres ouvertes.

Le serein entre la nuit dans la chambre.

Et souvent, le lendemain matin, cet air-là nous reste sur la figure.

Tenez, regardez la binette que ça vous fait :

⟶⟵

Se coucher sur son lit en rejetant draps et couvertures par terre, est également très-malsain.

Quand on se couche, on est généralement en moiteur, et le moindre refroidissement peut vous occasionner des douleurs et des fluxions.

⟶⟵

Ainsi, pour ne citer qu'un exemple des conséquences fatales de cette imprudence, on raconte qu'il y a deux ans un villégiateur de Jmembetty-les-Sableux en a été cruellement victime.

Un soir, après avoir fait une partie de tonneau qui l'avait mis en transpiration, il monte se coucher.

-o-🐝€-o-

Cédant à un besoin de fraîcheur et succombant à sa déplorable inexpérience, il flanque son édredon, sa couverture et ses draps sur la descente de lit et s'étend en chemise sur son lit.

Il s'endort.

La nuit devient fraîche.

Justement, il avait un petit commencement de mal de dents.

-o-🐝€-o-

Le lendemain, il se réveille avec une double fluxion que l'ampleur même du crayon de notre ami Lafosse sera peut-être impuissante à reproduire.

S'apercevant une mappemonde sous le nez, il saute en bas du lit et se précipite devant une armoire à glace pour voir ce qui lui est arrivé.

-o-🐝€-o-

Horreur!...

Il s'écrie :

— Allons, bon!... voilà que je marche la tête en bas, maintenant!...

Bref!... après s'être retourné dans tous les sens devant sa glace pour essayer de se reconnaître, il est obligé d'appeler sa bonne.

Il ne savait plus par quel bout mettre son caleçon.

SEIZIÈME LEÇON

Du 15 au 22 Septembre

Vers le 15 septembre, il est bon de rentrer les plantes délicates dans une serre chaude, si l'on veut les conserver.

C'est assez dire qu'y enfermer sa femme serait de la folie.

-o-🐝-o-

Pendant ce mois, on obtient plus facilement des légumes qu'en juillet et août.

La chaleur étant moins grande, ils montent moins vite.

Cette observation, faite surtout à propos des salades et des radis, ne s'applique aucunement aux actions des *chemins de fer des Charentes*, que l'on peut semer indistinctement par tous les temps.

Elles ne montent jamais.

-o-🐝-o-

Quelquefois, en septembre, les fraisiers ont des petits *revenez-y*.

Ces vieux polissons donnent alors des fruits que nous ne pouvons mieux comparer qu'à des enfants qui nous arrivent comme des hors-d'œuvre à la fin du dessert, dans un ménage de cinquante-deuxième année.

Ces fruits, on peut, si l'on veut, les manger tout de même.

Mais en les cueillant, il est bon de dire aux fraisiers qui les ont produits :

— C'est honteux... à votre âge !...

⁓⊷⧉⊶⁓

Les figues d'automne commencent à mûrir.

Il faut avoir le soin, pour hâter cette maturité, de pincer l'extrémité des branches.

Cet effet est très-facile à expliquer.

Quand on est pincé, ça vous fait mal.

Or, c'est connu : la douleur mûrit.

⁓⊷⧉⊶⁓

Nous savons bien qu'il y a des jardiniers qui expliquent ça autrement.

Mais nous ne sommes pas ici pour leur faire de la réclame.

⁓⊷⧉⊶⁓

Du 10 au 15 septembre, les melons donnent beaucoup.

Si l'on a quelque chose à mettre en action, c'est le vrai moment.

Cueillir un melon
bien à point, est
chose très-difficile.

Un des meilleurs
moyens de s'assurer
qu'il est suffisam-
ment fait est de se
mettre à plat ventre
et de fourrer son nez
dessus.

Si l'odeur qui s'en
dégage est suave et pénétrante, il est bon à couper.

Mais... une minute !...

Ne vous pressez pas encore.

⁓⊷❦⊶⁓

Appelez votre femme.

— Pulchérie !... avons-nous du monde à dîner ?

Si elle vous répond :

— Non, mon ami, nous sommes seuls.

Coupez, mettez à la cave et mangez le jour même
comme deux goulus.

⁓⊷❦⊶⁓

Si, au contraire, vous attendez des invités qui naturellement rogneraient votre part,

Laissez le melon sur couche ; c'est qu'il peut atttendre
jusqu'au jour où vous n'aurez personne.

Car, s'il y a un proverbe qui part du cœur et qui dit :

— Morceau partagé ne fait jamais de mal.

⁓⊷❦⊶⁓

Il existe un autre précepte qui part de l'estomac et répond avec un noble à-propos :

— Morceau qu'un autre mange ne fait jamais de bien.

⁓⊷❦⊶⁓

Mi-novembre, mûrissent d'excellentes espèces de pêches,
entre autres le *teton de Vénus*.

Il faut que cette espèce de pêche soit excessivement mûre.

On aura préalablement écarté toutes les feuilles qui l'empêchent de rougir.

Si, au moment de la cueillir, on s'aperçoit qu'il lui manque encore uu coup de soleil, on l'obtient facilement en nommant tout haut ce fruit par son nom à une jeune fille de seize ans que l'on regarde en même temps dans le blanc des yeux d'un air malin.

-o-๑๑-o-

Les prunes donnent aussi en abondance... et de fortes coliques.

Le villégiateur un peu intelligent devra faire des études approfondies sur la vertu des espèces qu'il a chez lui.

Certaines prunes sont... presque foudroyantes.

D'autres, au contraire, ne font parler d'elles qu'au bout de cinq heures et demie.

On fera des expériences suivies et l'on notera les résultats avec soin sur un agenda.

-o-๑๑-o-

De cette façon il sera toujours facile de combiner l'instant où on les mange avec les heures où l'on doit être en chemin de fer.

-o-๑๑-o-

Inutile d'ajouter qu'étant donnée une sorte de prunes qui donne des résultats au bout de deux heures, on devra manœuvrer de façon à ce que ses invités qui en auront mangé quatre douzaines à sept heures et demie, prennent pour s'en aller le train de neuf heures vingt-cinq.

Après une journée de plaisir passée avec des amis qui sont venus vous voir, il est toujours doux de pouvoir dire à sa femme, le soir en se couchant

— Dix heures moins vingt !... Si Vavasseur n'est pas seul dans son compartiment, il doit faire une drôle de grimace.

DIX-SEPTIÈME LEÇON

Du 22 au 29 Septembre

C'est vers la fin de septembre qu'il convient de rentrer les fruits d'hiver, si on en a, et en soi-même si l'on n'en a pas.

Les poires que l'on désire conserver demandent à être cueillies avec précaution et leur queue autant que possible.

On les placera bien doucement dans un endroit très-sec et très-sain.

Il faut absolument que les fruits soient tout à fait isolés les uns des autres.

Et qu'ils ne se touchent pas plus que des dividendes du *chemin de fer des Charentes.*

On les aligne sur des rayons exposés, si c'est possible, à ceux du soleil.

La bonne disposition du meuble dans lequel on les enferme est pour beaucoup dans le succès.

Mais ce qui est surtout très-salutaire pour la conservation des fruits, c'est que le meuble où on les place ferme à clef.

On a remarqué de plus que, même dans un bahut bien clos, le fruit ne se garde pas si on laisse la clef sur la serrure.

Quand on a du raisin en assez grande quantité, il est sage aussi d'en conserver un peu pour l'hiver.

C'est très-difficile; mais ça n'en a que plus de mérite.

Les opinions sur la manière de conserver le raisin sont très-partagées.

Certains auteurs prétendent qu'il faut le pendre la queue en l'air.

D'autres, au contraire, disent qu'il faut le pendre la queue en bas.

Nous avons tenté cette double expérience; et la vérité nous fait un devoir de déclarer que notre raisin s'est aussi bien pourri d'une manière que de l'autre.

—◦◦❀◦◦—

Cependant, il n'est pas sans exemple que l'épreuve ait réussi.

Un villégiateur de Jmembetty-les-Sableux a suspendu dans un grenier, en 1870, quarante livres de raisin superbe.

Vers le mois de février il était complétement ratatiné et il a pu le faire servir dans les quatre mendiants.

Seulement, le poids s'était réduit de trente-huit livres et demie; au moment où il a commencé sa provision, le raisin sec valait huit sous la livre chez l'épicier. Ci.. 60 c.

Pour pouvoir conserver ces quarante livres de raisin, il en avait mangé en septembre quarante autres achetées au marché sur le pied de quatorze sous la livre. Ci.. 28 fr.

Mais les petits bouts de fil de fer lui restaient pour l'année suivante.

-o-๑є-o-

L'OMBRE PERNICIEUSE DU NOYER. — Le moment est venu de donner aux villégiateurs un avis important.

C'est celui de ne pas laisser leur femme s'endormir à l'ombre funeste du noyer, dont les feuilles dégagent une odeur qui peut causer le trépas.

-o-๑є-o-

Le plaisir que nous éprouvons à offrir ce conseil à nos lecteurs mariés n'a d'égal que la joie qui nous envahit à la pensée qu'il leur arrivera trop tard.

DES JEUX DE JARDIN. — Vers la fin de septembre, la chaleur devenant moins accablante, il sera bon de remplacer les amusements qui ne donnent pas d'exercice par d'autres plus actifs.

Il est surtout un jeu que nous recommandons aux villégiateurs, c'est le jeu de boules, le simple jeu de boules.

-o-◦-o-

Outre qu'au dire des médecins, il est excellent contre
les maladies du foie, c'est un des jeux les plus amusants
en ce sens qu'il permet d'être très-désagréable aux gens
qui viennent vous voir, sans qu'ils puissent se douter que
vous le faites exprès.

-o-◦-o-

Nous n'énumérerons pas ici tous les bons tours que l'on
peut jouer, pendant une partie de cochonnet, aux gens à
qui l'on en veut.

Nos lecteurs sont trop intelligents pour ne pas savoir
comment un honnête homme qui veut s'amuser doit se
conduire quand il a une boule de bois dans la main et les
jambes d'un monsieur qui lui déplait en face de lui.

Faire sem-
blant d'ajuster
le cochonnet et
lui envoyer la
boule sur son
pantalon blanc,
après l'avoir
préalablement
trempée dans
de l'eau sale,
doit être, pour
un abonné du
Tintamarre,
l'enfance de
l'art.

-o-◦-o-

Persuadés que les villégiateurs trouveront dans leur
génie malfaisant mille et une façons de se rendre le jeu
de boule agréable en en faisant l'effroi des autres, nous
nous contenterons de leur indiquer le coup suivant qui
est toujours très-amusant .

C'est à vous à jouer. Votre ami Vavasseur a sa boule
tout près du Cochonnet.

Il croit avoir gagné et sourit déjà avec complaisance.

Vous lancez votre boule avec vigueur sur la sienne, et, prenant sa place près du cochonnet, ce qui vous fait gagner la partie, vous envoyez sa boule rouler dans les lieux, au fond du jardin, ce qui l'oblige à aller la ramasser au milieu des... rires de la société.

–o–❦❦o–

Aussitôt ce coup exécuté, vous faites sonner le dîner et vous défendez à la cuisine qu'on lui donne de l'eau pour se laver les mains.

Seulement, à table, vous ne lui laissez pas toucher le pain.

DIX-HUITIÈME LEÇON

Du 29 Septembre au 6 Octobre

A cette époque, les variétés de fleurs sont exquises. Les jardins sont ornés de mille plantes, dont les couleurs

vives et mélangées charment les yeux.

Nous citerons l'ama-rillis - belladone , les astères, les soleils, les dalhias, les verges d'or et les roses tremières.

Nous conformant d'ailleurs à l'usage a-dopté par tous les *Par-fait jardinier*, nous ne parlons de ces plantes qu'au moment de leur entière floraison, au lieu d'en avoir dit quelques mots quatre mois plus tôt aux villégia-teurs, afin qu'ils pen-sent à les semer.

Ça a l'air bête au premier abord; mais il n'y a rien de tel pour laisser reposer la terre un an.

━━◦✠◦━━

POTAGER. TRAVAUX DE PLEINE TERRE.— Au com-mencement d'octobre la saison étant déjà un peu avancée, on ne peut plus guère semer, avec quelque chance de succès, que le cerfeuil chez soi et la discorde dans le ménage de son voisin.

Aussitôt quec'est fait, on recouvre, avec des paillassons, et l'on prie le bon Dieu pour que la gelée tarde et que la dégelée ne se fasse pas trop attendre.

Il y a des gens qui sèment aussi, à ce moment, de la mâche et de la raiponce.

Nous conseillons à nos lecteurs de ne semer que de la mâche.

Il y a dans la vie une foule de circonstances où : mâche tient parfaitement lieu de réponse.

Ce n'est pas la peine de dépenser de l'argent inutilement.

Arbres fruitiers. — En octobre, les arbres fruitiers ne méritent plus guère que le mépris.

Allégés de leurs fruits, ils ont un air excessivement bète qui rappelle celui d'une obligation dont on a détaché et touché tous les coupons.

Nota. Les actions des *Galions du Vigo* conserveront tout le temps leur air spirituel.

Les moustiques. — Nous avons déjà, dans les chapitres précédents, parlé des moustiques et indiqué les moyens les plus usités pour les envoyer de préférence mordre sa femme.

Nous devons revenir sur ce sujet.

C'est vers le commencement d'octobre que ces insectes deviennent d'une familiarité extraordinaire.

Sentant approcher leur morte saison, ils apportent dans l'exercice de leurs fonctions un acharnement qui ne peut être mieux comparé qu'à celui des journaux bonapartistes apprenant qu'il n'y a plus d'argent à Chileshurst.

Furieux d'entrevoir le moment où ils vont disparaître, ils se ruent sur les crânes des villégiateurs pendant leur sommeil et y font des morsures si venimeuses que l'on a vu la tête de certains d'entre eux  ressembler à s'y méprendre à des plans en relief des sinuosités du globe.

Lafosse!... fais voir au monsieur le plan en relief du crâne d'un citoyen qui a été fréquenté par les moustiques.

∘-ᗇᏟ-∘

Nous sommes d'autant plus heureux d'avoir indiqué à nos lecteurs le danger des morsures de cousins que nous n'avons à leur fournir aucun moyen d'y échapper.

De tous les procédés inaugurés jusqu'à présent pour combattre les moustiques, le plus efficace est encore la boxe anglaise.

Que l'on juge des autres.

Par exemple, s'il n'y a pas de moyen pour prévenir les moustiques, les villégiateurs trouveront une compensation à leurs maux en apprenant qu'il y en a beaucoup pour guérir les morsures et arrêter les progrès du mal.

Seulement, ils ne valent rien.

Cependant, quand l'on a été piqué, on peut, pour l'acquit de sa conscience, passer sa langue, toutes les trente secondes, sur la partie malade.

Si la partie malade se trouve entre les deux épaules, c'est bon tout de même.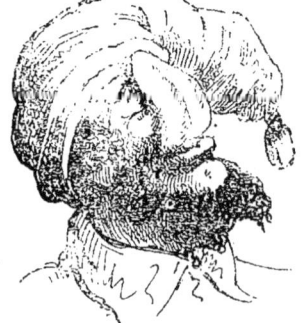

∘-ᗇᏟ-∘

Outre ce remède, d'une énergie féroce, il y a encore les suivants, auxquels on peut en ajouter beaucoup d'autres, si on a de l'imagination :

Frotter la piqûre avec de l'acide phénique.

On peut employer l'acide phénique pur ou étendu d'eau, ou même le remplacer par de l'eau sucrée, ou même encore par de l'anisette.

L'effet est identique dans tous les cas.

L'anisette pourtant est meilleure.

Si elle sort de la maison Wynaud-Fockink, voici la manière de l'employer :

On frotte tout doucement la partie enflée sur le flacon et l'on boit avec précaution et à petits coups.

Si l'on a été piqué sur la main, il faut prendre tous les matins, à jeun... son mal en patience.

Si c'est sur le bout du nez, on s'appliquera, deux heures après chaque repas..... à n'avoir pas l'air trop vexé.

Rien n'ajoute à l'horreur d'un nez enflé comme un air vexé.

Enfin, si la morsure a été faite au coin d'un œil et que l'enflure vous ait rendu ignoble du côté droit, de cinq en cinq minutes, pour dominer la souffrance, on se posera... de façon à n'être vu que du côté gauche par les gens à qui l'on aura à parler.

A part ces conseils, nous ne voyons vraiment rien de plus à faire contre les piqûres des moustiques, si ce n'est de regretter que l'on ne puisse pas, pendant cette saison bénie, emprunter la figure de son photographe.

7

DIX-NEUVIÈME LEÇON

Du 6 au 13 Octobre

C'est généralement du 6 au 13 octobre que le Parisien à la campagne attrape, le soir, à la fraîche, son premier rhume de cerveau.

Mais il a encore douze heures devant lui, parce qu'il ne s'en aperçoit que le lendemain en se réveillant.

Pendant huit jours pleins, il éternue avec tant de vigueur et de continuité, qu'il ne peut pas prononcer plus de deux mots de suite en parlant à sa femme.

Ce n'est que le neuvième jour, les éternuments commençant un peu à s'espacer, qu'il peut, entre deux crises, trouver le temps de lui dire :

— Pulchérie !... je crois que nous pourrions songer à rentrer à Paris.

❧

En villégiature, il y a deux sortes de femmes bien distinctes :

La femme qui veut rester le plus longtemps possible à la campagne.

Celle qui trouve qu'on revient toujours trop tard à Paris.

Le villégiateur fera bien de s'affranchir de ces influences pernicieuses et de se souvenir de cette parole de l'Ecriture sainte :

Le moment le plus propice pour la femme de désirer quitter Jmembetty-les-Sableux, c'est quand l'homme en a assez. »

-o-⊰⊱-o-

On commencera donc à manœuvrer en vue du retour à Paris.

Si madame oppose quelque résistance, pour la vaincre sans employer la violence, on videra tous les soirs dans son lit un pot d'eau froide, afin de lui faire accroire que la maison devient très-humide.

-o-⊰⊱-o-

Au bout de deux jours, elle vous demandera à partir tout de suite.

Ce sera alors le moment de répondre que rien ne presse absolument, et de dire que l'on ne veut rentrer que lorsque vos pantoufles jaunes commencées depuis le mois de mars seront achevées.

On ne retrouve pas deux occasions comme celle-là de précipiter la confection d'une paire de pantoufles.

-o-⊰⊱-o-

Une fois le départ arrêté en principe, on s'occupera de mettre la maison en ordre pour la saison suivante.

Il y a mille précautions à prendre si l'on ne veut pas que la dure saison compromette votre installation.

-o-⊰⊱-o-

Il y a d'abord les poules, dont il faut assurer l'existence pendant l'hiver.

On le fait à peu de frais en en mettant une dans le pot-au-feu tous les deux jours jusqu'à ce qu'il n'y en ait plus.

-o-⊰⊱-o-

Il arrive souvent que ces infortunées au moment de mourir vous montent un coup horrible.

Au moyen d'un perfide artifice dont elles ont seules le secret, elles simulent dans leur estomac une grappe d'œufs prêts à sortir.

Et le soir, en dînant, Pulchérie vous dit d'un air triste :

— Quel malheur d'avoir justement tué la petite grise, tu sais... elle allait se mettre à pondre !...

Ne vous abandonnez pas au remords, c'est une immense blague !... Toutes les poules que l'on tue trouvent le moyen de vous prouver que vous avez fait une mauvaise affaire, pour qu'on ne les tue pas l'année suivante.

Ce n'est pas vrai du tout. C'est un moyen d'essayer de se faire nourrir à rien faire.

Si l'on a un réservoir en zinc pour recevoir les eaux de pluie, il faut avoir soin de le vider entièrement.

Sans quoi la gelée le fait éclater et le propriétaire ne manque pas de vous le faire payer comme neuf.

-o-Ɔ Є-o-

D'ailleurs, vous n'avez pas les talons tournés pour revenir à Paris que l'eau revient avec abondance dans le réservoir, et qu'au mois de décembre il éclate tout de même.

Il y a bien une autre précaution à prendre, c'est de l'entourer de fumier.

Mais ça coûte aussi cher que d'acheter un réservoir neuf, et ça empoisonne les mains pour onze semaines.

-o-Ɔ Є-o-

Même recommandation pour les bassins à jet d'eau.

Vous les videz avant de partir pour que la glace ne les fasse pas éclater.

Une fois que vous êtes partis, il pleut de dans et ils éclatent.

Tout ce que l'on peut faire pour échapper aux conséquences de ces accidents, c'est d'être de trois termes en retard avec son propriétaire, de ne lui laisser d'autre garantie, en partant, qu'un vieux chapeau de paille de neuf

sous, et de louer autre part l'année suivante pour l'indem-
niser des dégâts.

⟶⊰⊱⟵

On doit aussi se débarrasser des lapins.

Quelques personnes en rapportent une douzaine à
Paris et leur font une cabane dans leur armoire à glace.

Ça, c'est une affaire d'appréciation; nous n'avons rien
à dire.

Si on était sûr
d'être investis tous
les ans comme en
1870, nous conseille-
rions bien à nos lec-
teurs de rapporter
leurs poules, leurs
canards et leurs co-
chons, dussent-ils
les loger dans leur
commode et dans
leur piano.

Mais en temps de paix, ce n'est même pas bon à parfu-
mer le linge.

⟶⊰⊱⟵

Les pluies d'hiver devant détremper le sol, il est bon, si
l'on veut conserver le sable de ses allées, de le rentrer
dans la maison et de l'étendre au sec sur les planches des
placards, pour qu'il ne prenne pas l'humidité.

C'est généralement le
10 octobre que l'on in-
vite ses amis à venir
dîner chez soi pour la
dernière fois.

Cela s'appelle *casser
la marmite*.

Nous donnerons, di-
manche prochain, le
programme d'une de ces
petites fêtes d'arrière-
saison, qui ont bien leur
charme, par les sur-
prises agréables que
peuvent ménager à leur
propriétaire les loca-
taires délicats qui veu-
lent se faire regretter.

VINGTIÈME LEÇON

Du 13 au 20 Octobre

Ainsi que nous l'avons annoncé dimanche dernier, nous consacrons cette leçon d'arrière-saison à la journée de plaisir que les villégiateurs ont la coutume de s'offrir à eux et à leurs amis pour *casser la marmite*.

Ce jour-là, toutes les fantaisies sont permises.

Quand l'on a eu un propriétaire ennuyeux, le moment est venu de lui laisser des souvenirs.

On fêle tous les carreaux. On arrache le papier du salon, on répand de l'huile sur les parquets, on fourre des clous dans le fond de toutes les clefs; on bouche les cheminées avec du linge mouillé, on introduit de la terre plein les conduits des eaux ménagères, on met deux livres de poudre de chasse dans le poêle, etc...

A deux heures, arrivée des invités.

On a eu le soin de choisir tout ce que l'on a pu trouver de plus mauvais sujet.

Et quand ils arrivent, on les met à leur aise par ces quelques paroles pleines de cœur :

— Mes enfants... respectez les meubles ; mais tout ce qui ne s'emporte pas, je vous le livre.

◦✽◦

A deux heures et demie, commencement de la petite fête.

Les invités scient les poiriers de quinze ans et se taillent des cannes dedans.

◦✽◦

Quand la maison est fraîchement badigeonnée, un passe-temps très-agréable, c'est de prendre un morceau de braise et de dessiner sur les murs les portraits de toute la société.

Si un invité a assez de talent pour faire de mémoire la charge de votre propriétaire, cela n'en vaut que mieux.

◦✽◦

Quand la maison sera suffisamment noircie, il faudra trouver un autre jeu.

On ne peut pas être là à se regarder le blanc des yeux jusqu'au dîner.

◦✽◦

Comme la saison un peu fraîche exige de l'exercice, s'il y a de gros arbres dans le jardin, on coupera toutes les grosses branches au ras du tronc, que l'on conservera seul pour s'en faire un mât de cocagne.

Il est bon d'avoir un mât de cocagne par moitié, pour que tout le monde s'amuse.

Alors, on grimpera chacun à son mât, et quand on sera en haut, l'on poussera des cris énormes, jusqu'à ce que les gens du pays aillent prévenir votre propriétaire de votre conduite.

∘⟶⟨●⟩⟵∘

Si vous réussissez à amener votre propriétaire sur les lieux, votre journée est sauvée.

Avec un peu d'imagination, ça peut devenir très-drôle.

La première chose qu'il fait en vous voyant tous perchés sur vos mâts de cocagne, c'est de crier comme un rédacteur du *Pays* (pardon !) qui n'a pas reçu son mois de Chislehurst:

Pourpre de colère en voyant des érables et des catalpas transformés en queues de billard, il vous demande d'un ton courroucé ce que vous faites là-haut.

D'un ton mielleux, vous lui répondez que vous cherchez des nids.

∘⟶⟨●⟩⟵∘

Quand vous êtes descendus, vous l'invitez à prendre quelque chose. Vous le grisez et vous lui proposez un coup de balançoire.

Quand il est monté dessus, vous le lancez à toute volée pendant trois quarts d'heure, et vous l'enfermez après dans la basse-cour, où il s'endort.

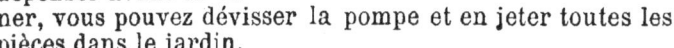

-o-𝔊𝔈-o-

Si vous avez encore quelques minutes à dépenser avant le dîner, vous pouvez dévisser la pompe et en jeter toutes les pièces dans le jardin.

-o-𝔊𝔈-o-

Le dîner d'un *cassage de marmite* est généralement gai.

On peut s'amuser, entre chaque plat, à lancer des couteaux pointus au plafond et dans les boiseries, pour essayer son adresse.

C'est excellent pour les peintures à l'huile.

-o-𝔊𝔈-o-

Au dessert, il est humain de se souvenir qu'on a laissé le propriétaire étendu dans la basse-cour.

Mais voilà tout.

Alors le maître de la maison demande si quelqu'un n'a pas composé quelques vers pour la circonstance.

Et l'ami Boutinot se lève, tousse et prononce les paroles suivantes :

ADIEUX A JMEMBETTY LES SABLEUX

—

De la dépouille de nos bois
L'automne va joncher la terre,
On met les vieux pots dans la serre
En voilà pour au moins six mois!...

Au moment des adieux, ma poitrine se gonfle ;
C'est de chagrin... ou bien... c'est d'avoir trop mangé.
O villa Jmembetty!... Je dirai ton *triomphle!*...
Avant que Poupardin en soit déménagé !

Ici, Poupardin, le maître de la maison, doit s'incliner mo-
destement.

Adieu, grands acacias!... Adieu, fraîches pelouses
De varrech teint en vert, que chaque samedi
Poupardin apportait — avec quinze talmouses —
Et chez son fournisseur remportait le lundi!...

Ici, Poupardin s'incline de nouveau.

Adieu! beaux marronniers... Adieu! grands catalpas....
Platanes!... ébéniers!... Vous dont Poupardin compte
Les feuilles, pour savoir si l'un de nous sans honte
Dans sa poche, le soir, ne les emporte pas.

Poupardin proteste du geste.

Adieu!.. sauces... rôtis... ragoûts de notre hôtesse
Que nous trouvions si bons... par pure politesse.

Ici, c'est le tour de Mme Poupardin d'esquisser une révé-
rence.

Que de fois, en partant, nous dîmes entre nous :
Peuh!.. c'est comme cela qu'on dîne à vingt-neuf sous!.

M. et Mme Poupardin envoient des baisers à l'orateur.

Adieu!... vieux panamas aux lambris accrochés
Dont chaque hôte, en entrant, couvrait son chef sans morgue,
Et sans s'occuper si, Poupardin les prend chez
Chez... l'un des revendeurs des frusques de la Morgue.

Il est rare que cette plaisanterie de bon goût n'arrête pas
net la digestion de quelques dames.

L'orateur termine ainsi en saluant avec grâce :

> De la dépouille de nos bois
> L'automne va joncher la terre.
> . . . .
> . . . . , .
> Si ces vers étaient à refaire
> J'y regarderais à deux fois !..

-᛫᛫-

L'heure du dernier train étant arrivée, les invités se lèvent, s'habillent et prennent congé.

Si, en s'en allant, ils peuvent dévisser la boule de la rampe de l'escalier, jeter la brouette dans le puits, enlever le battant de la sonnette, déclouer le numéro de la maison et le changer avec celui de la maison à côté, on a bien employé sa journée.

Mais le *nec plus ultrà*, c'est de prendre le propriétaire qui est resté endormi dans la basse-cour, de le porter à la gare, de l'emmener à Paris, de le flanquer à minuit trois quarts au beau milieu de la place Saint-Sulpice, en lui disant :

— Réveillez-vous donc, mon brave homme, vous voilà chez vous !...

Et d'aller se coucher l'âme pure et tranquille.

VINGT ET UNIÈME LEÇON

Du 20 au 27 Octobre

LE RETOUR A PARIS

Aussitôt que les premiers brouillards ont envahi la plaine et que les feuilles commencent à tomber aussi dru que des vaudevilles de Jules Prével, il n'y aurait plus d'autre raison légitime de rester à la campagne que le bonheur que l'on éprouve de ne pas être exposé à rencontrer les bonapartistes sur le boulevard.

—◦◦—

Il convient donc de faire ses paquets au plus vite.

Faire ses paquets est une opération des plus simples pour le villégiateur qui a un peu de cœur.

Il dit le matin à sa femme:

— Pulchérie!... Il faudra acheter pas mal de gros papier et cinq pelotes de ficelle assez solide pour le déménagement.

Quand Pulchérie a acheté le papier et la ficelle, le villégiateur qui a un peu de cœur lui dit:

— C'est très-bien... Maintenant, emballe!... moi, je m'en vais, je te retrouverai à Paris.

—◦◦—

Il est entendu qu'en agissant de la sorte le villégiateur qui a un peu de cœur se réserve toujours, à part lui, de dire le lendemain à sa femme, s'il y a une soucoupe de cassée :

— Parbleu!... ce n'est pas étonnant... Est-ce fichu, ce déménagement!... Regardez-moi un peu ces paquets!... Quelle misère d'être si peu secondé!... il faudrait que je fisse tout moi-même dans cette cambuse!...

<hr/>

Après avoir encouragé sa femme par quelques bonnes paroles que le villégiateur qui a un peu de cœur sait toujours trouver au fond de son âme quand il a envie d'aller faire une bonne partie de plaisir en garçon, il prendra le premier train et reviendra passer sa journée, à Paris, dans les endroits où il peut trouver un peu d'agrément.

BRASSERIE JEAN GOUJON

J'espère que l'on ne nous accusera pas de faire de réclame à l'Odéon.

<hr/>

Le soir, à l'heure où le villégiateur qui a un peu de cœur supposera que ses paquets et sa femme sont arrivés au domicile de Paris, il viendra faire un petit tour sous la porte cochère de sa maison en se cachant la figure avec son mouchoir pour ne pas être reconnu par la concierge qui pourrait lui dire :

— Ah! vous arrivez joliment bien pour aider votre femme à s'installer, monsieur Poupardin!... Cette pauvre petite dame est sur les dents au milieu de tous ses bibelots avec quatre enfants qui crient!... Montez donc vite.

Le villégiateur qui a un peu de cœur montera clan-destinement dans son escalier en s'informant au-près des voisins si sa femme a ter-miné son rangement et a fini de monter le lit.

Si on lui dit :

— Oh ! non.... elle n'a pas fini, la pauvre dame !,.. elle en a bien en-core pour deux bonnes heures !...

Le villégiateur qui a un peu de cœur redescen-dra au galop faire une partie de bil-lard au café le plus voisin.

Si, au contraire, une voisine lui répond :

— Oui, monsieur Poupardin, oui... je viens de voir madame Poupardin, tout est en ordre, le dîner est prêt.

Alors, le villégiateur qui a un peu de cœur rentrera chez lui d'un air empressé en s'écriant :

— Sapristi !... chaque fois que je rencontre cet imbécile de Durozel, je ne peux plus m'en débarrasser !... Voyons... Pulchérie... puis-je t'aider à quelque chose?...

Naturellement, Pulchérie, qui a tout fait, qui s'est éreinté les doigts à coups de marteau pour clouer la bat-terie de cuisine, etc., etc... Naturellement Pulchérie ré-pond d'un ton doux :

— Mais non, mon ami... je n'ai pas besoin de toi... tout est terminé, tu vois... Je n'ai plus que ton bifteack à mettre sur le feu...

C'est alors le moment que, dans un élan de reconnais-sance, le villégia-teur qui a un peu de cœur saisira pour s'écrier en enfonçant la porte du buffet d'un coup de talon de botte :

— Tonnerre de Dieu!.. Madame!.. qu'est-ce que vous avez donc fichu toute la sainte journée... que le dîner n'est pas sur la table?...

Nous n'aimons pas — on a pu le voir pendant le cours de notre *idem* de villégiature — mettre la discorde dans les ménages.

Aussi, conseillerons-nous au villégiateur qui a un peu de cœur d'arrêter là ses brutalités envers son épouse.

Ce conseil nous est dicté à nous-même par une de ces inspirations soudaines qui ne se présentent pas deux fois dans toute l'existence d'un homme.

Vous allez voir.

Le villégiateur qui a un peu de cœur quittera donc son air courroucé.

Il s'assiéra calme, l'œil chatoyant, à côté de sa femme. Il partagera avec elle son bifteack dur en lui disant des mots tendres.

Il lui fera boire tou-tes sortes de choses douces et enivrantes au dessert.

Puis il se lèvera né-gligemment, ouvrira la fenêtre et, pen-dant que Pulchérie ira dans la pièce à côté lui chercher un cigare, il sciera l'appui de la croisée et le cachera dans la cheminée.

⁕

Quand Pulchérie reviendra avec le londrès, le villégiateur qui a un peu de cœur l'embrassera tendrement, la prendra sur ses genoux.

Puis, tout à coup, il éternuera violemment trois fois et s'écriera des larmes dans la voix :

— Je b'enrhube !.... bon dange.... va donc be chercher bon padaba que j'ai laissé sur la petite table dans le jardin....

⁕

DÉNOUEMENT

Pulchérie, ivre de joie d'avoir retrouvé le cœur de son petit Dodore bien-aimé, oublie qu'elle est revenue à Paris !

Se croyant à Jmembetty-les-Sableux, elle file, comme une petite fille, par la fenêtre pour aller chercher dans le jardin le panama du villégiateur qui a un peu de cœur.

Et tombe du cinquième sur le pavé.

⁕

Le villégiateur qui a un peu de cœur se fait alors un petit brûlot avec du cognac et, tout en le faisant flamber, se dit mélancoliquement :

— La campagne, c'est très-joli... mais avec les maisons qui n'ont qu'un rez-de-chaussée on ne pourrait pas réussir ces coups-là. Décidément il n'y a que Paris !...

FIN

Paris. — Imp. de Dubuisson et Cᵉ, rue Coq-Héron, 5.

6

www.ingramcontent.com/pod-product-compliance
Lightning Source LLC
Chambersburg PA
CBHW060814250626
47162CB00005B/1781